L'AMOUR CANNIBALE

Réjane Bougé

L'AMOUR CANNIBALE

Roman

Boréal

Cet ouvrage a été publié avec l'appui du Programme
de subvention globale du Conseil des Arts du Canada.

Conception graphique : Gianni Caccia
Illustration de la couverture : Superstock/Black Box

Diffusion au Canada : Dimedia
Distribution en Europe : Les Éditions du Seuil

Données de catalogage avant publication (Canada)

Bougé, Réjane, 1957-
L'amour cannibale
ISBN 2-89052-511-2
1. Titre,
PS8553.093A86   1992   C843'.54   C92-096955-0
PS9553.09#A86   1992
PQ3919.2.B68A86   1992

à D.S.

PREMIÈRE PARTIE

LE PÈRE

La jambe

La mère et la tante l'avaient fait disparaître. Proprement, il va sans dire. Catherine l'avait cherchée un peu mollement, sans grande conviction. En fait, elle était plutôt soulagée de penser qu'elle ne la verrait plus. Elle espérait seulement ne pas se tromper, que la mère et la tante avaient bien fait ce qu'il fallait. Catherine se méfiait encore de certains endroits. Le hangar était vaste, rempli de vieux objets inutiles que la mère empilait. Les jouets de Catherine s'y trouvaient un peu pêle-mêle, la mère ne désirant pas encombrer les lieux de rangement sur lesquels elle gardait un contrôle scrupuleux.

La mère et la tante avaient déjà évoqué les rats du hangar. Quand Catherine se décidait à aller récupérer un livre, un jeu, elle descendait toujours lourdement les trois marches de bois qui y menaient. Les rats. RA-RA RA-RA. Tout un fracas dans sa tête, mais c'était elle en vérité que Catherine ne voulait pas surprendre. La petite fille savait que si elle s'y trouvait, si la mère et la tante n'avaient pas fait le nécessaire, elle ne la verrait pas en

entier. C'était d'ailleurs ce qui l'inquiétait le plus. Son
œil aiguisé, habitué à la repérer, cherchait tout ce qui
pouvait dépasser. Par quel bout l'apercevrait-elle ? Les
courroies pouvaient laisser croire à un attelage quel-
conque. Le métal l'effraierait moins. Et puis il serait
forcément intact. Les rats, s'il y en avait, ne pouvaient
s'y attaquer. Catherine connaissait bien aussi la couleur
de la chose : rosée, artificiellement rosée. Des amalgames
que l'on avait voulus uniformément rosés. Le haut de
l'appareil, la cuisse, était fait d'un plastique strié qui
avait une certaine brillance. Le jeudi soir, la mère se
vernissait les ongles. En regardant les beaux ongles striés
de la mère devenir tout rouges, elle revoyait toujours le
fourreau, la cuisse. Le pied, on l'avait voulu lisse, d'une
autre texture, comme s'il était rembourré de bas de
nylon, mais toujours rose. C'est lui qui pouvait se
retrousser, pointer dans une direction. Catherine le
reconnaîtrait facilement, à moins qu'on ne lui ait laissé
la chaussette qu'il portait la plupart du temps. Elle comptait sur l'esprit pratique de la mère. La tante était tenue
à l'écart de ces détails.

Empilées dans un coin, de vieilles toiles dont on se
servait pour peindre. La cachette aurait été tellement
grossière. La mère et la tante y avaient sûrement réfléchi
plus longuement. Une vieille bassine, des outils, de
vieux néons abandonnés, voilà tout ce que Catherine
avait pu reconnaître. Ses visites étaient toujours rapides.
On n'aurait jamais pu l'accuser de fouiller, de traîner. Ce
qu'elle voyait, la petite fille le voyait malgré elle. Avant
d'entrer, il fallait pousser le commutateur. Depuis peu,
elle l'atteignait facilement. Ensuite, le loquet. La mère
avait peur des voleurs, ceux qui se mettent des bas de
nylon sur la tête. Le pouls de Catherine s'accélérait à
chaque visite. Souvent elle y allait nu-pieds. La mère et

la tante lui avaient fait comprendre les dangers qu'elle courait avec les clous qui jonchaient le sol. Elle s'en fichait, certaine qu'elle serait épargnée. La maladie du père devait la protéger.

Tout le reste avait disparu. Proprement, comme on pouvait s'y attendre de la mère et de la tante. La mère surtout. Tout : la seringue, les médicaments — Catherine les avait suivis dans le tourbillon de la chasse d'eau —, les bandages, le dentier. S'était-on occupé du plus gros morceau en premier ou en dernier lieu ? Peut-être se trouvait-elle dans le coffre arrière de la voiture rouge qui n'était pas encore vendue, bien calée sur les couvertures où le père la reléguait souvent. Catherine savait qu'elle avait coûté cher, très cher et que, par conséquent, la mère et la tante avaient dû prendre encore plus de précautions. Elle savait aussi que la mère et le père n'avaient pas fini de la payer. Pouvait-elle vraiment croire que la mère ne lui demanderait plus jamais d'aller la chercher dans la garde-robe où on la rangeait ? Que plus jamais elle n'aurait sous le bras cette jambe inerte, allongée en permanence, presque aussi grande qu'elle, glissante, dangereuse avec ses bouts de métal qui dépassaient d'un peu partout ? Le père la traitait en ennemie. Plus tard, beaucoup plus tard, les cuisses particulièrement musclées d'un de ses amants rappelleraient à Catherine les dimensions de cet étui où le père se glissait toujours en sacrant. Elle imaginait une chaleur moite, inconfortable. De tout l'appareil, c'était quand même les courroies qu'elle détestait le plus. La ceinture de métal que le père devait boucler l'étouffait.

Une fois la jambe enfilée, le tour n'était pas joué. Le père devait encore la faire obéir, la plier à sa volonté. Elle devait lui redonner un air digne. Mais on ne lisait que la douleur sur sa figure. Ensuite venaient tous les efforts pour la dissimuler. Comme si la chose eût été possible ! L'habillage des poupées de Catherine était plus simple, les vêtements glissaient sur les peaux lisses qui avaient une vraie couleur de peau. Quand on commença à articuler les membres de ces petits êtres, elle dut se munir d'une boîte de poudre pour leur mettre certains costumes ajustés. Il lui fallait maintenant tirer sur le pantalon de sa Barbie au risque de le découdre. Même lorsque le père était habillé, on la devinait toujours. Pour effacer tout soupçon, il lui aurait fallu rester debout, immobile, complètement immobile. Ce qui l'oppressait le plus était de deviner la présence de l'horrible ceinture de métal sous le pantalon, parfois même visible à travers le nylon clair de la chemise.

Les visites dans le hangar se succédèrent sans jamais donner de résultats. Les garde-robes avaient été inspectées depuis longtemps. Mais pour qu'elle soit vraiment satisfaite, convaincue, il aurait fallu qu'elle les ouvre toutes en même temps. En elle s'installait une sorte de surveillance permanente. Une garde discrète dont elle ne parlait jamais. Elle savait trop bien qu'on lui aurait expliqué... Le silence de la mère et de la tante lui convenait donc assez bien. Ainsi, il fallait croire que la jambe avait disparu, qu'on l'avait fait disparaître. Ses vieux complices dans la garde-robe attitrée ne semblaient pas s'en ennuyer. Postée à côté d'une vieille télévision brisée, elle se trouvait parfois cachée par les vêtements que la mère entassait. Il arrivait même que, en allant la chercher pour l'apporter au père, elle la découvre doucement appuyée contre des lainages. Elle soupçonnait alors une vulnérabilité qu'elle ne voulait pas deviner. Être droite, raide, c'était tout ce qu'on lui demandait. Et puis tout le monde en avait bien assez avec le père sans s'occuper en outre de la jambe. Elle devait comprendre qu'elle n'était qu'une intruse, qu'on ne l'avait jamais invitée. La jambe narguait tout le monde car elle savait qu'on avait besoin d'elle. C'était cela que Catherine devait lui faire comprendre si elle la retrouvait maintenant : elle n'était plus nécessaire ! Forte de cette assurance, elle se sentait prête à l'affronter. Pour cela il fallait cependant aller contre deux ans de soumission. La petite fille se sentait salie par cette jambe. Si seulement le père s'était mis ouvertement de son côté. Ensemble ils auraient pu l'éliminer sans trop de difficultés. Le père la faisait complice autrement. C'étaient ses jambes à elle qu'il lui demandait d'enrouler autour de celle qui lui restait. Pas question d'entraîner dans son lit cette jambe stupide qui ne pouvait qu'être chaude en été et froide en hiver.

Finalement, ce qui effrayait le plus Catherine, c'est qu'elle était certaine que la jambe connaissait son antipathie. Ses manières polies ne l'avaient pas trompée. La mère et la tante semblaient avoir réglé leurs comptes. Si au moins le père lui avait laissé des instructions précises. Devait-elle se rendre à l'évidence, accepter qu'elle ait disparu en la privant de sa vengeance ? Quelques semaines après la mort du père, il était à peu près certain, étant donné le sens pratique de la mère, que tout avait disparu. En s'assoyant sur les chaises rendues brinquebalantes par l'appui que le père devait y prendre pour se lever, Catherine le revoyait se glisser en elle en grimaçant. Plus tard, beaucoup plus tard, la mère changerait le mobilier de cuisine, les chaises redeviendraient solides. Le père avait laissé des dettes. Fallait-il continuer à payer cette jambe ? La maladie du père avait usé le mobilier, grugé le compte en banque. Tout avait disparu. Quand, de sa chambre, elle entendait des bruits de vaisselle, elle revoyait le père lancer les objets qui lui tombaient sous la main dans sa détresse, jusqu'à ses propres béquilles. La mère avait gardé les béquilles, la canne, tout comme le crucifix du cercueil. On gardait toujours les crucifix. La tante, elle, avait récupéré les rubans de soie des bouquets de fleurs offerts au mort. Elles les avait lavés pour ôter l'odeur, les marques de terre, puis repassés, presque empesés, et roulés. Une épingle droite pour faire tenir chaque petit rouleau. Comme si les bandages du père, ceux-là mêmes où il avait commencé à perdre des bouts de son pied, s'étaient transformés en rubans aux couleurs vives. C'était cela le plus étonnant pour elle, les couleurs de ces bandelettes : orange vif, jaune clair, mauve riche et profond. La tante les lui mettrait dans les cheveux en la coiffant ou les coudrait en guise de rebord de couleur aux couvertures qu'elle confectionnait. La bonté de la tante était tellement grande que, pour elle, Catherine acceptait de coucher dans ces linceuls, de côtoyer la mort d'aussi près. Parfois elle ouvrait les tiroirs du meuble où la tante conservait les rubans, toujours étonnée de l'agencement qu'ils avaient adopté au hasard des secousses et des tiraillements. À côté, les bas de nylon de la tante, rosés comme la jambe. Une texture qui évoquait le pied, plus mou, plus vulnérable, plus humain. Elle savait que la tante ne ferait pas de mystères si elle lui posait la question. Elle préférait ne pas savoir. Tous les jours maintenant, elle ouvrait le tiroir du petit meuble en carton recouvert d'une vilaine tapisserie. Les couleurs étaient là, chacune bouclée par une épingle droite, comme la jambe. Mauve, vert, fuchsia, ensemble, brassées ensemble. Elle revit un camaïeu qu'elle seule connaissait, dont elle seule connaissait le dégradé, celui du moignon. Avant d'en arriver là, il y avait eu une longue période où la mère recueillait les croûtes noires du pied qui s'effritait. De loin, elle les avait trouvées assez semblables à des bouts de toasts calcinés. Le père dut se rendre à l'évidence. Après l'opération, il pleurait toujours avec elle. Elle fut saisie par le trou, cet espace inhabituel, puis toute son attention se porta sur le bout qui restait, chair meurtrie où se retrouvaient les couleurs des rubans. Le corps flasque du membre lui rappelait les otaries qu'on l'emmenait voir chaque été au parc Lafontaine. Tout juste si elle n'entendait pas leur clapotis lorsque le père bougeait sur la cuirette de la chaise. Et puis le père ne dut-il pas se transformer en animal savant lorsque l'autre arriva ? Catherine se prit d'une grande affection pour ce moignon, même si le mot la gênait. « Moignon-moignon-moignon... » se répétait-elle tout bas. Bien loin de l'aider à apprivoiser la chose, cela devenait une sorte de murmure sadique. La mère s'en occupait. Parfois la tante. Avec ses yeux d'enfant, elle se croyait capable d'en faire disparaître l'horreur. Ses rêves le transformaient en chausson aux pommes, en pâté au poulet. Elle était certaine qu'il aurait fallu lécher la plaie pour apporter un véritable soulagement au père. Elle espérait que la mère y avait pensé. Les pansements se faisaient en sa présence. Ce bout de membre, qui dépassait à peine du caleçon en pendouillant, l'attirait et l'horrifiait. Mais il fallait bien continuer à toucher le père. Elle ne pouvait lui faire cet affront. Ce vide avait fait apparaître une foule d'obstacles. Peur de lui faire mal, peur d'entrer en contact avec le moignon. Il déjouait toutes les habitudes prises jusque-là. Ce membre coupé, enveloppé, aux cicatrices tortueuses, n'avait pas perdu de sa force. On avait ôté ce qui n'était plus en vie. Le moignon, lui, témoignait d'une grande vitalité. La force de toute la jambe se retrouvait en lui. Il battait la mesure. Le père avait été amputé. Voilà. Elle ne s'était jamais véritablement inquiétée du sort fait à la véritable jambe. La décomposition qu'elle avait vue la rassurait. Catherine savait qu'elle était morte d'elle-même. Mais l'autre, la rose, ne pouvait mourir que si on le décidait, sinon elle pourrait les narguer pendant encore de nombreuses années. Le temps glissait sur elle. Il fallait la détruire. La mère et la tante ne s'en étaient probablement que débarrassées. Elle aurait dû la détruire. Un combat qui l'effrayait. Seule la haine qui animait Catherine lui faisait croire qu'elle pourrait avoir le dessus. La jambe se cachait peut-être d'elle. Elle n'était peut-être invisible que pour elle... Non. La mère et la tante l'avaient sûrement jetée. Elles n'avaient pas le choix. Elles avaient donné les vêtements, certains articles utilitaires, mais elles n'auraient pu la donner, elle. La petite fille imaginait la mère frottant les coussinets blancs du haut de la cuisse qui étaient devenus gris depuis. La mère avait dû souffrir de son impuissance face à cette saleté. Qui sait si elle n'avait pas tenté quelque action désespérée, seule avec elle. La mère avait tout lavé avant de donner quoi que ce soit. Possible qu'elle ait eu les mêmes réflexes pour cette jambe qu'on n'avait pas fini de payer.

Catherine ne se rappelait déjà plus si le père devait envelopper le moignon avant de l'engouffrer dans l'appareil. Quand il n'était pas à l'air libre, on le badigeonnait d'onguents. Le déroulement du bandage ne variait pas beaucoup. Il était le fruit de plusieurs essais. Le résultat était évalué en fonction du confort du père. La mère et la tante, qui avaient travaillé ensemble dans une buanderie, s'y entendaient pour plier le linge. Des règles strictes, efficaces, auxquelles on ne pouvait que se soumettre. La mère surtout s'y employait avec toute son ardeur. Le coton claquait. L'aplat de la main faisait disparaître un pli rebelle en moins de deux. Il n'y avait que les taies d'oreiller qui amusaient véritablement Catherine. Le découpage en trois lui plaisait. Le même geste que celui de la lettre avant de la glisser dans l'enveloppe. Ainsi donc on avait décidé de séparer certaines choses en trois plutôt que de se rabattre sur l'inévitable moitié. L'évaluation devait être faite au coup d'œil. Tout le défi tenait dans la mesure qu'il fallait réussir à trouver. La mère et la tante, la mère surtout, insistaient pour lui transmettre cet héritage. L'emmaillotement des bébés était planifié de la même manière. Le paquet ne laissait jamais les pieds à découvert. Les couvertures devaient former un fond solide. Même chose pour le moignon. Le père confectionnait une sorte de coquille dont il répétait invariablement les angles. Le bout rond devenait ainsi carré. Le bandage était à certains moments tellement bien réussi qu'elle s'étonnait que le père ne se risque pas à marcher dessus.

Quelque temps après la mort du père, Catherine se rendit compte que tous les meubles de la maison étaient branlants, tous ceux qu'il avait pu agripper. Elle était certaine que la mère lui en voulait pour cela. Le rideau de douche qu'il réussissait toujours à déchirer avait été remplacé dès la première semaine. La chaise du père avait été reléguée contre le mur, dans l'angle mort. La table ronde s'y appuyait confortablement. Elle revoyait la ceinture de métal s'enfoncer dans le ventre laiteux du père. De loin, sans qu'on lui demande son avis, elle assistait à toutes sortes d'événements étranges. L'histoire de la photo l'avait beaucoup troublée. La mère et la tante avaient rapidement fixé leur choix sur une photo récente de Catherine et du père. Le père était assis, elle debout. L'objectif avait capté un air dur qu'elle n'avait jamais vu sur la figure du père. Elle ne pouvait comprendre que la mère et la tante aient opté pour cette mine dont personne ne soupçonnerait la cause. On ne lui avait pas demandé ce qu'elle en pensait. De même, on l'avait éliminée de la photo. Entre elle et le père, un espace plus que suffisant pour couper, tailler. Personne ne saurait qu'elle était là, à ses côtés, sur cette photo. Le mensonge était énorme. La carte n'expliquait rien, absolument rien. Mais Catherine était là dans sa jaquette blanche à pois jaunes cerclés de noir. Si elle avait pu le prévoir, la petite fille aurait rendu ce montage impossible en se jetant au cou du père. On l'avait eue tellement facilement. Elle avait été trompée. Et puis la mère et la tante avaient décidé de tromper tout le monde. On l'avait éliminée proprement, sans bavures. Le père croirait peut-être lui aussi qu'elle l'avait laissé tomber. Pouvait-il être dupe des manigances de la mère et de la tante ? Tout avait disparu. On avait voulu tout faire disparaître.

Au centre de la table, les fruits de plastique. Macédoine indestructible avec laquelle le père et Catherine se mitraillaient, au grand désespoir de la mère. Certains objets étaient quand même intacts. Pas comme les feuilles de rameaux appuyées sur le crucifix dans la chambre des parents. Depuis la mort du père, elle occupait seule le lit jumeau où elle allait le retrouver. Tout cet espace lui donnait une nouvelle perspective sur ces feuilles inquiétantes. Elles multipliaient leurs formes, leurs significations. Elles faisaient apparaître des monstres incontrôlables. Quand elle se blottissait dans les bras du père, sa vision était réduite. Puis le père parlait, racontait. À peu près toujours la même histoire. Chaque soir, les enfants se refaisaient couper en morceaux. La mère et la tante n'étaient pas de vraies sorcières. Ouf ! La jambe du père n'avait pu finir en soupe et d'ailleurs Catherine détestait la soupe. Y aurait-il eu une autre manière de s'en débarrasser petit à petit, de l'effacer tranquillement ? À sa gauche, la mère dormait. Quand Catherine soulevait sa tête de l'oreiller, un jeu de miroirs étrange lui renvoyait son image en oblique comme si elle s'épiait elle-même. Les lits avaient été rapprochés comme pour mieux souligner leur impossible réunion. Le matelas lui restituait la forme du père. Dans les creux du lit elle ne retrouvait, fidèle à la réalité, qu'une jambe. Entre les draps elle le retrouvait, peau contre peau. Cette nuit-là, pour la première fois, elle rêva qu'elle mangeait la jambe.

* * *

Les dimanches qui suivirent la mort du père, elles n'allèrent pas à l'Oratoire. La mère avait mis la voiture en vente. Avec elle au moins elle ferait quelques sous. Le père l'avait entretenue avec soin. On en tirerait un montant intéressant. En attendant, l'Oldsmobile rouge avait été remisée dans le garage. Avec la mère et la tante, Catherine prit l'habitude de se rendre à pied à l'église du quartier. Elle avait découvert le saint de sa paroisse au service funèbre du père. Auréolé dans ses habits bruns, l'air jeune mais déjà chauve, il regardait béatement l'ange qui vraisemblablement lui parlait. Elle nota les orteils du saint. Dix au total. On les voyait tous dans ses sandales grossières. L'image était grande, peinte dans l'arc du toit avec les mêmes couleurs pâles que celles qui représentaient les péchés capitaux dans sa classe. Sept, ceux-là. Au-dessus de la tête de Catherine, le démon de la gourmandise ricanait en permanence. Les premiers dimanches, elle regarda les vitraux clairs de l'église. Rien à voir avec le faste de l'Oratoire. Non pas que le lieu lui plût particulièrement mais il aurait fallu aller vérifier si la jambe ne se retrouvait pas à l'entrée du sanctuaire, suspendue au mur. Elle savait qu'il était trop tard pour demander un miracle, le père était mort. Mais il fallait à tout prix empêcher cette jambe d'exister en d'autres lieux. Même mêlée aux autres, elle était certaine de la reconnaître. Il fallait surtout faire toutes les vérifications possibles. Le problème n'était pas de savoir comment elle se serait rendue là mais si elle y était. On gardait toutes sortes de morceaux là-haut. Le cœur du frère André la terrifiait. Elle avait toujours peur de le voir palpiter. Le père, lui, adorait les langues dans le vinaigre. Catherine ne voulait pas parler ouvertement à la mère et à la tante de cette visite. Elle espérait seulement qu'on y retournerait quand les choses se seraient tassées mais il ne fallait pas attendre trop longtemps. La jambe ne leur appartiendrait plus. Elle aurait fait son nid ailleurs et on l'aurait en quelque sorte adoptée. La petite fille ne pourrait plus rien contre elle. Il fallait dénoncer la supercherie le plus vite possible : aucun miracle ne s'était produit ! Aucun !

* * *

Le dimanche matin, tous les dimanches matins avant sa mort, le père chantait en duo avec le serin. Parfois, l'espace de quelques secondes, on avait l'impression qu'ils sifflaient les mêmes notes. Les serins qu'ils avaient eus n'avaient pas de noms. On ne les baptisait pas. Le père ne s'était avoué vaincu qu'après la mort du troisième. Catherine accusait la mère en silence ; le père l'avait fait ouvertement. La mère ne semblait pas accablée par le poids de ces accusations. À partir de ce moment, la petite fille avait décidé d'assister au nettoyage de la cage pour éviter que ne se produisent d'autres incidents fâcheux. Elle insistait aussi pour remplir la petite baignoire de plastique destinée à l'oiseau. La mère lui enjoignait de ne pas faire de dégâts. Plusieurs fois par jour, lui rappelait-elle, il lui fallait effacer des traces de doigts sur la porte du réfrigérateur. Avec elles, l'oiseau poussait quelques notes mais ce n'était qu'avec le père qu'il roucoulait de toutes ses forces, qu'il allait au bout de ses trilles. Le dimanche, seulement le dimanche, le père le provoquait tandis qu'il se trouvait encore sous la couverture. On l'entendait alors sauter de tige en tige en secouant sa cage. La mère se plaignait des saletés qui tombaient sur le tapis et qu'elle devrait ramasser, elle seule. Le père chantait plus fort pour enterrer ses récriminations. Après la mort du premier serin, lorsque Catherine vit le père monter le long escalier qui menait au deuxième étage avec une autre petite boîte de carton trouée, elle comprit qu'une véritable guerre s'engageait.

À l'épicerie, au rez-de-chaussée de la maison de la rue Mont-Royal, le père avait à une certaine époque négocié le nettoyage de la cave avec un gros chat. Le père aimait répéter que la mère avait rendu le chat fou en lui faisant tomber sur la tête une des boîtes de tomates qu'elle époussetait frénétiquement. La mère ne baissait pas les yeux. Au contraire, elle levait les épaules, sûre d'avoir raison. Leur blocus ne l'impressionnait pas. La petite fille se dit qu'un jour elle raconterait cette histoire à tout le monde, celle du chat rendu fou par la propreté maniaque de la mère.

Le sifflement du père roulait, gras. Le serin enchaînait et l'entraînait. Le père improvisait parfois avant de tomber dans des airs connus qu'il poursuivait avec ces « la-la-la » qui n'appartenaient qu'à lui. Quelques heures plus tard, au volant de sa voiture, il chanterait : « Les enfants s'ennuient le dimanche. Le dimanche, les enfants s'ennuient », reprendrait-il, « la-la-la-la-la... ».

Pendant longtemps, elle crut qu'il avait composé cette chanson juste pour elle, pour la venger de ce jour terrible où elle devait mettre d'horribles jambières pour assister à la messe.

Le serin continuait à chanter quand le père actionnait le presse-fruits. Un bruit infernal s'élevait alors de la cuisine. L'appareil la dégoûtait avec son petit bec blanc, sorte de faux nez d'éléphant en porcelaine. Catherine préférait le Babar du Jardin des merveilles à qui, après beaucoup d'hésitations, elle s'était décidée à enfourner des cacahuètes dans les trous du nez. Le bruit enterrait le chant du serin, comme le faisait l'aspirateur de la mère, mais plus proche cependant de celui d'une scie terrible qui coupe tout ce qui se trouve sur son passage, sans s'arrêter. Un jour, elle osa enfoncer une moitié d'orange sur le chapeau blanc. Il fallait peser sur le mou délicatement, mais fermement. Le bruit devenait alors plus feutré. La machine était une sorte de gouffre qui criait et redemandait de cette chair tendre. L'appareil était lourd et la mère se plaignait de devoir le nettoyer. Il fallait le transporter en pièces détachées jusqu'à l'évier. On ne s'en servait que le dimanche.

Quand Catherine se levait, la seringue reposait à côté du presse-fruits dans son petit cercueil de velours mauve. Les bouteilles de verre avaient déjà été replacées au réfrigérateur. « NPH-80-NPH-80... » Elle répétait la formule qu'elle avait dû apprendre par cœur, la vie du père en dépendait. Le 8 lui semblait de bon augure. Un chiffre rond, joufflu, contre lequel il serait agréable de se caler, une sorte de gros coussin. Les lettres avaient été plus difficiles à retenir. Elles ne voulaient rien dire en elles-mêmes. Deux fois par jour, le père avait besoin de cette insuline. Dans les verres à moutarde, parfois, il laissait tomber un comprimé. Entre les rangées de pique, de cœur, de trèfle et de carreau. L'urine virait à l'orange ou au bleu. Une fois elle fit le test à l'insu du père et de la mère. La sienne virait au bleu, un bleu presque aussi foncé que celui du « Boardwalk » sur la planche du Monopoly. Un bleu qu'elle ne voyait jamais l'été à Atlantic City. Lorsqu'il battait la crème trente-cinq pour cent avec le petit malaxeur — « pas question de sortir le gros de sous sa housse », criait la mère —, le père y ajoutait des colorants. Elle ne comprenait pas ce combat que le père avait décidé de mener au blanc de la crème fouettée, mais lorsqu'elle se trouvait devant de la crème rouge, elle sentait obscurément que cette opération était liée aux couleurs qu'elle entrevoyait dans la salle de bains. Heureusement, la crème glacée qu'ils mangeaient chaque dimanche chez Saint-Aubin n'avait rien d'aussi farfelu. Après la messe à l'oratoire Saint-Joseph, le petit kiosque n'offrait que quelques variétés qui la satisfaisaient tout de même. Mais surtout, surtout, on n'y vendait que de la crème dure. Le père, lui, aimait bien la crème molle qu'il faisait saucer dans le chocolat. Elle s'était fait un devoir de ne pas aimer la crème molle.

* * *

Le dimanche, Catherine s'assoyait à l'arrière de la voiture et elle n'avait de cesse de demander au père où ils allaient. La réponse était toujours la même : on partait « en noère ». Toujours ainsi le dimanche. L'équation aurait dû être claire. Mais chaque dimanche, après la visite à l'Oratoire, elle reposait sa question dans l'espoir de finir par comprendre ce mot. Le père ne le répétait jamais plus de trois fois, comme si, au delà de cette limite, il risquait de perdre son étrange pouvoir. Plus elle tentait de le faire résonner dans sa tête en silence, plus il se dissolvait. Il aurait fallu transformer une semaine complète en dimanches, un long ennui qu'elle ne se décidait pas à souhaiter, si ce n'était pour trouver le sens de ce mot magique. Et puis ses vêtements du dimanche étaient tellement inconfortables. Sa culotte la piquait, et les jambières, elle détestait les jambières. Pendant qu'elle se grattait l'entre-jambes, le père roulait dans le noir d'encre qu'il venait d'évoquer. Catherine était tellement reconnaissante au père de chanter l'ennui de ces journées qu'elle décidait de lui faire confiance. Mais le « noère » changeait de semaine en semaine. Peut-être que, si la mère n'avait pas été là, le père l'aurait vraiment emmenée dans ce lieu ? Chose certaine, la mère n'aimait pas ce lieu, où qu'il fût, mais elle semblait bien le connaître. Elle ne participait jamais au jeu qui consistait à le répéter. Elle avait les dents trop serrées pour cela. Crispée, terrorisée par la conduite du père, elle poussait des « hihihihi.... » qui les exaspéraient. Lorsque la petite fille était assise à l'arrière, elle s'en fichait, car alors la mère ne pouvait lui enfoncer ses ongles dans la peau. Pour la mère le « noère » était un mal nécessaire. Il n'y avait que le père qui aimait ce lieu et, pour cela, Catherine l'aimait aussi. Jamais elle ne saurait quelle direction emprunter pour y arriver seule. Le père avait emporté le parcours avec lui.

Le dos

Assise sur le dossier du divan, la peluche râpée lui piquant les fesses, Catherine regardait les personnages s'enfoncer dans le couloir des cercles qui tournaient de plus en plus rapidement. Bientôt on ne les verrait plus. On les retrouverait ailleurs... Une autre époque, un autre temps. Entre ses jambes, le dos du père. Il fallait se concentrer sur cette large surface de peau qu'elle avait entrepris de gratter. Rien ne faisait plus plaisir au père. « Plus haut, plus bas, juste en dessous. » Le père passait la commande. Il bougeait le bras de manière à faire saillir l'os de l'omoplate. Elle s'activait autour de la crête. La tête courbée par le plaisir, grognant des « ououououi » qui s'accrochaient longuement à ses ongles, le père savait, lui, où avaient abouti les personnages de la série. Catherine ne lui demandait aucune traduction, et quand les cercles commençaient à envahir l'écran encastré dans le mur en face d'eux, elle s'employait à faire courber la nuque davantage, à la faire ployer sous un plaisir presque intenable.

Dans le cou épais, elle suivait les vagues clair-obscur sur les plis de la peau. Les cheveux étaient drus, noirs et rares, mais ils ondoyaient tout de même. Elle suivait chaque bourrelet, chaque vague pendant que sous ses ongles une mince pellicule s'accumulait. Elle en connaissait le goût, l'odeur. « Oui, làààà-làà... » Au hasard, il lui arrivait encore de découvrir certains points stratégiques. Au moment de la publicité, elle étendait à nouveau son action sur toute la surface du dos. En plein centre, elle s'activait sur les vertèbres, grossièrement. Le père se secouait, la nuque droite. Puis les cercles revenaient. Il fallait se renfoncer dans cette histoire. Le père toussait, manifestait sa satisfaction du retour de l'action à l'écran. Elle longeait les côtes tout doucement. Le père restait suspendu à l'image malgré ses tactiques de diversion. Catherine parlait alors carrément de tout lâcher en gigotant. Le père se lamentait, en redemandait, juste un peu plus. À l'étape finale, elle ne se gênait plus pour marquer la peau grasse. Les petites couches d'épiderme refluaient sous ses ongles. Une sorte d'humidité se dégageait de ce dos qu'on lui demandait de meurtrir chaque jour. L'exercice devait prendre fin. Elle labourait le milieu du dos, si large, et finissait le travail paumes ouvertes. Les stries rouges ne disparaissaient pas tout de suite. La musique du générique la terrifiait, mais pas autant que ces traversées au cœur du temps dans une langue inconnue.

Catherine ne déroulait pas le grand jeu tous les soirs. Souvent elle se contentait de s'asseoir à califourchon dans le dos du père. Juste pour retrouver les douces morsures de la peluche sous ses fesses nues et la surface de peau moite entre ses jambes écartées. Une fois en poste, elle avertissait le père qu'elle ne le gratterait pas. Quand ni la mère ni la fille ne voulaient se prêter à son caprice, le père allait à la cuisine et sortait du réfrigérateur des whippets au chocolat.

La dent

Avant de s'engager sur le boulevard Saint-Joseph, le père proposait un jeu. Toujours le même. À chaque feu rouge elle devrait l'embrasser. « D'accord ? » Catherine était d'accord. Il fallait toujours obéir au père, surtout depuis sa maladie. Elle se trémoussait sur le siège avant dans sa jupe de lainage gris, la partie de son costume de couventine qu'elle détestait le plus. Le père lui avait pourtant déjà fait plusieurs fois la démonstration que l'on pouvait enfiler ce boulevard sans jamais devoir s'arrêter à condition de rouler toujours à la même vitesse. Les feux verts s'ouvraient les uns derrière les autres jusqu'au bout, là où ils tournaient, juste avant le tunnel de la mort. Pour elle, le boulevard n'existait plus au delà de leur trajet.

Avenue du Parc : premier baiser. Rue Mont-Royal, elle avait dû lui demander à chaque fois la permission pour traverser la rue, le père était formel là-dessus. Jusqu'au jour où il lui avait enseigné la méthode : à droite, à gauche, toujours regarder des deux côtés. Les premières fois, il l'avait surveillée de la vitrine de l'épicerie en lui signalant son approbation. De l'autre côté, Catherine fut surprise par la perspective de la tête du père sous le néon vert de l'épicerie « Québec ». De là où elle était, elle ne voyait presque plus son crayon sur l'oreille mais elle savait qu'il y était. Seule, elle était seule de ce côté de la rue. Elle courut jusque chez Quevillon pour aller acheter les bonbons que le père ne vendait pas. C'était là, toujours de ce même côté, dans le magasin du coin, que l'on trouvait des jambons en filets suspendus au plafond et des fromages aux odeurs fortes malgré les cires et les tissus qui les recouvraient. De l'extérieur, elle dut se contenter de voir les morceaux pendouiller sans rien pouvoir sentir. Le père l'attendait dans son long tablier blanc de l'autre côté. Quand l'autobus passa, Catherine se permit un dernier regard à l'intérieur de la boutique, puis elle se précipita dans les bras du père. Mais il ne fallait pas courir, ne le lui avait-il pas répété plusieurs fois ?

Saint-Laurent. De loin, elle avait vu le feu tourner au jaune. Il faudrait encore l'embrasser. Les pneus avaient crissé. Malgré la jambe qui était tombée en miettes, il conduisait toujours aussi rapidement, et lorsqu'il était au volant de sa voiture, personne ne voyait son infirmité. Elle s'étira jusqu'à lui pour se soumettre aux règles du jeu. Surtout, ne pas le contrarier, toujours lui obéir.

Avant que Catherine ne puisse se rendre à la piscine du quartier, il lui avait installé la petite qu'ils utilisaient à la campagne dans un des deux garages attenant au commerce, celui-là même où il garait sa voiture. L'Oldsmobile y entrait de justesse et personne d'autre que lui ne se serait risqué à jouer avec des proportions aussi étroites. Les petites filles du quartier venaient alors la rejoindre même si Catherine ne les fréquentait pas au cours de l'année. Elles s'arrosaient entre les bicyclettes de livraison et les caisses de bière bien empilées à côté d'un climatiseur défectueux. Les portes accordéon avaient été repliées et les passants les regardaient, surpris par cette installation de fortune. Le père n'en était pas à une extravagance près. Elle était sur le point d'obtenir la permission d'aller à la piscine publique lorsqu'une explosion était survenue. Des gaz s'étaient échappés d'un peu partout. De nombreux enfants étaient morts.

Lorsque le père ne venait pas la chercher, elle prenait l'autobus scolaire avec les autres. Les arrêts se faisaient nombreux à Outremont. À la jonction des deux municipalités, l'autobus filait droit vers son dernier arrêt : Garnier et Mont-Royal. Elle descendait, elle aussi. La mère s'était informée. Impossible, même avec un supplément, d'aller plus loin. Son sac à l'épaule, Catherine marchait jusqu'à Iberville. Mais l'Oldsmobile rouge était souvent stationnée le long de la rue ombragée, et parfois bien avant l'heure.

Fabre. Le père arrêta le moteur. Elle se mit à pleurer. Elle ne voulait pas qu'il la touche, qu'il s'approche. À sa gauche, le moteur éteint, le père négociait. Il avait déjà sorti cinq dollars de son portefeuille. Elle s'en fichait, de même que de tous les 45 tours qu'il proposait de lui acheter. Il voulait toujours tout acheter, tout payer. Tout le monde bénéficiait de ses largesses, « Frank avait un si grand cœur », on s'entendait là-dessus. Catherine regarda ses pieds. Jamais ils ne seraient assez longs pour qu'elle puisse toucher aux pédales. La voiture était spacieuse et elle le savait. Lorsqu'ils ramenaient Sylvie Pilon avec eux, elles jouaient à l'arrière en reprenant des séquences d'un film jugé érotique. Alternativement, elle se mettaient dans la peau de la vedette, une blonde aux gros seins. C'était le même scénario qu'elles reprenaient à la récréation dans leur maison de feuilles. Elles n'avaient pas de mots précis, que des gloussements et des rires. Le père ne pouvait comprendre de quoi il s'agissait. Avec un drap imaginaire, elles s'extasiaient devant un jeu d'ombres chinoises qui se déroulait dans leurs têtes. Sylvie avait la peau blanche, laiteuse, des cheveux noirs, et elle dessinait à merveille, presque aussi bien que la tante. Depuis la rentrée, elles perfectionnaient ce scénario au terme duquel elles se chatouillaient, seule manière connue jusqu'alors de toucher l'autre. Catherine se mettait dans le dos du père, là où il ne pouvait rien voir. Sous leurs camisoles, elles ne cachaient encore rien.

Le père voulait sa dent. À tout prix. Et elle ne comprenait pas pourquoi. Si seulement Sylvie avait été là. Fabre. On avait passé Garnier. Le père savait qu'elle allait à pied lorsqu'il ne venait pas. Elle n'osa pas descendre. Pourtant elle connaissait le trajet. Et il le savait. Elle n'osa vérifier non plus s'il avait bloqué les portes. Sa dent branlait, oui, dangereusement, mais elle ne voulait pas qu'il la lui arrache. « Pas avant ! » Ils ne repartiraient pas avant qu'il la lui ait arrachée, il était affirmatif, dût-il attendre des heures. Elle pleurnichait toujours. Le père avait violé les règles du jeu : il n'y avait aucun feu pour régir la circulation à l'angle de Fabre et de Saint-Joseph. Plus jamais Catherine n'attendrait sa venue avec impatience au sortir de l'école. Le père n'avertissait jamais mais il venait souvent. Même s'il était impossible de déduire quoi que ce soit de la facture de l'autobus scolaire, la mère devait la payer en entier, il n'y avait rien qu'elle aimait mieux que de faire faux bond à ses compagnes de classe.

Personne ne savait d'où elle venait. Cette année-là, pour souligner la tenue de l'Exposition universelle, la Sœur leur avait demandé d'apporter un objet d'un autre pays. Ils n'allaient qu'à Atlantic City. La mère avait sorti une tasse de porcelaine miniature en provenance du Japon, le père avait exhibé de l'eau de Lourdes. Le père avait-il frotté son pied avec cette eau trouble ? La bouteille semblait intacte. Personne ne pouvait lui dire où était Lourdes, mais le père affirmait que l'eau venait de loin, très loin. Elle savait cependant qu'il mentait à la grand-mère qui exigeait sa ration d'huile de Saint-Joseph chaque semaine en lui apportant de l'huile Mazola. Elle ne pouvait avoir confiance. Quant à la poupée mexicaine, celle qui trônait sur le couvre-lit de la mère et qu'elle aimait bien, elle avait vérifié, elle ne venait pas du Mexique. La tasse avait fait piètre figure au cœur de la petite exposition reconstituée par la Sœur, parmi les éventails espagnols, les dentelles belges... Le cahier qu'elle avait dû consacrer au même thème était plus flamboyant. Les compagnies de bière avaient laissé au père de nombreux jeux de cartes illustrant jusqu'aux pavillons les plus obscurs. Parfois, de la fenêtre de la bibliothèque, elle voyait le père arriver. Le gros autobus jaune et noir arrivait après. Bien après. Ces jours-là, Catherine savait maintenant qu'elle ne se presserait plus.

Fabre. Ils avaient dépassé l'ultime limite. Le territoire n'était connu que d'elle seule. Le père d'Hélène Lavigne avait bien un commerce, lui aussi, rue Mont-Royal, mais à l'intersection de Saint-Denis. « Bijouterie Lavigne ». Les lettres de l'enseigne le prouvaient hors de tout doute. « Québec ». Personne ne verrait jamais les lettres vertes. « Epiceries Québec Groceries ». Les Sœurs pourraient-elles lui expliquer l'orthographe de ces mots ? Les Sœurs se contentaient de ramasser les conserves que le père apportait généreusement jusqu'à Outremont. À Saint-Denis, ils avaient filé, le feu était vert. Fabre. La voie était libre pourtant.

Le père voulait sa dent. De toute manière, elle ne la garderait pas longtemps et elle risquait de l'avaler avec sa nourriture. Le père faisait défiler ses arguments. « Montre-la-moi ! » Il insistait. Pas question de lui montrer quoi que ce soit, elle avait bien trop peur qu'il ne la lui dérobe à son insu. Catherine aimait sentir cette dent branler dans sa bouche. Chaque jour elle la sentait fléchir davantage. Comment lui expliquer qu'elle voulait profiter de cette lente progression ? Avec sa langue, Catherine la déplaçait, toujours un peu plus loin, puis elle la remettait à la verticale à côté des autres pendant quelques secondes. Lorsqu'elle l'avait bien travaillée, elle sentait les fils des racines se tendre. Elle voulait mener ce processus à terme. Seule. Le père voulait casser les fils. Il le ferait sans peine.

« On te donne un pouce, pis tu voudrais un pied », la mère n'avait de cesse de lui répéter : « Jamais contente, jamais satisfaite. » Toujours plus. Avec trois pieds on obtenait une verge. Les correspondances défilaient à toute vitesse dans sa tête. Le père avait perdu sa jambe, il voulait sa dent. L'équivalence lui semblait tout aussi disproportionnée. Juste une, il ne voulait que celle-là. Celle qui chancelait, là, à l'avant. Toujours plus, lui aussi, il faudrait lui en donner toujours plus. Elle se dit qu'elle n'aurait jamais fini de payer pour cette jambe immensément longue. Catherine entrevit tous les morceaux qu'il faudrait lui céder. Et puis, il faudrait toujours attendre et obtenir sa permission.

Catherine ne pleurait plus. Elle regardait entre ses jambes. Ses pieds ne touchaient pas par terre. Les semelles de crêpe de ses souliers commençaient à peine à être usées. Il fallait en acheter des neufs chaque année. La mère l'amenait alors chez Kim, rue Mont-Royal, juste à côté de Frérot et Sœurette. Au début de chaque année, il lui fallait poser son pied sur une plaque de métal. Le vendeur faisait glisser différentes languettes pour encercler le pied. À travers le bas, elle sentait le froid de l'instrument. L'appareil était rempli de fines lignes blanches. Largeur, longueur. Invariablement, Catherine donnait son pied gauche, le plus gros, le plus large. Le père n'avait plus de pied gauche. Avec une seule jambe, il pouvait tout de même conduire. Les instruments du vendeur n'auraient pu lui couper le pied.

Le père avait sorti son mouchoir. Il voulait cueillir la dent au centre de ce carré blanc. Proprement, il voulait opérer proprement. Que n'avait-il perdu le pouce quelques années auparavant comme on l'en avait menacé. Ainsi, il n'aurait pu la toucher, lui extraire cette dent qu'il voulait exhiber comme un trophée.

« Adieu veau, vache, cochon, couvée. » La laitière voyait tous ses rêves disparaître comme un château en Espagne, de ceux-là mêmes qui n'existaient pas. L'Espagne, oui. Les éventails exposés dans la classe de Catherine ne laissaient aucun doute là-dessus. Mais la laitière sautait, et vlan ! Perrette portait pourtant des souliers plats : « Cotillon simple et souliers plats », disait la fable. Exactement comme les siens. Ce matin encore, la Sœur l'avait obligée à raconter les mésaventures de Perrette, il lui avait encore fallu étaler son ambition trop grande, démesurée devant une vieille Sœur fraîchement débarquée d'Afrique, histoire de l'accueillir dignement. Pour la nième fois, la Sœur lui demanda de monter les marches de marbre qui menaient au grand pupitre de bois. Elle fit attention de ne pas glisser à son tour. Il fallait être prudente, vigilante. Elle avait fini par avoir peur de ces espoirs déçus qu'il lui fallait énumérer selon le bon vouloir de la Sœur.

* * *

« Adieu veaux, vaches, cochons, couvées. » Tout était perdu. Le père lui montrait la dent, minuscule dans le creux du mouchoir. Dans sa bouche, Catherine retrouva le goût d'une chair meurtrie, à la fois molle et chaude. Dans quelque temps les lambeaux de chair se seraient agglutinés, le trou se serait refermé. Puis elle finirait par sentir les pointes lisses et dures de celle qui poussait, juste en dessous. La chair de sa gencive se contracterait doucement autour de cette nouvelle dent. L'os de la jambe du père avait été scié. Jamais il ne repousserait. Le savait-il ? « Une affaire de rien .» Il continuait à le prétendre ; elle n'avait rien senti, il l'affirmait. Il remit le moteur en marche. Les feux s'alignèrent, verts, jusqu'au bout, ne lui laissant pas la chance de violer le pacte à son tour. À l'angle d'Iberville, la voiture tourna au feu orange. Son dernier espoir venait de s'envoler.

Mont-Royal. Ils durent faire un arrêt avant de se retrouver du bon côté de la rue. Ils avaient quitté la ligne du jeu, elle n'avait plus d'obligation et le père ne lui demandait rien. Il avait posé la dent sur le tableau de bord juste à côté du billet de cinq dollars. La langue enfouie dans la moiteur du trou, Catherine recommençait à peine à respirer normalement. Mont-Royal... Elle avait décidé de prendre le cinq dollars et d'aller s'acheter tous les bonbons qu'elle voulait chez Quevillon. Elle se ferait une réserve de lunes de miel. Elle vérifia : Quevillon était toujours là, de même que la boucherie d'en face. L'abattoir était de l'autre côté d'Iberville comme elle l'avait toujours connu. Tout semblait en place. Rien ne semblait avoir bougé. Pendant un moment, elle avait eu peur que le père file en ligne droite, l'entraînant avec lui dans le tunnel de la mort.

LA TANTE

Mardi

Le matin, Catherine trouvait dans l'escalier intérieur qui reliait le deuxième au troisième étage, toujours
sur la même marche, les dessins qu'elle devait remettre
à son professeur de biologie. La tante avait accepté le
pacte de reproduire ainsi certaines parties du corps,
celles que Catherine apprenait de son côté à nommer
dans le détail. On avait commencé par le squelette
exactement comme quand, quelques années auparavant,
elle avait appris ces mêmes parties dans son cours
d'anglais en compagnie de John and Mary. La jambe
reproduite sur le gros carton affiché au tableau vert
ressemblait à la jambe artificielle du père. « LEG ». La
même couleur, ou à peu près. Le même rose doucereux.
« SKIN ». John and Mary semblaient en tout cas se lever
en grande forme, exécutant même quelques exercices,
heureux de se rendre à l'école et de faire leurs devoirs, à
en croire la scène où Mary s'appliquait à écrire dans son
cahier. Catherine, elle, n'avait pas de frère, et le père
était parti après que sa jambe l'avait eu quitté. Peu de
temps après. Elle ne passait donc pas ses soirées au salon,

pianotant en compagnie d'un père qui fumait la pipe et lisait le journal alors que la mère tricotait. Encore que la tante ait offert de lui payer des leçons de piano. La mère détestait coudre et cuisiner ; le père était mort. Le frère qu'elle avait toujours désiré ne viendrait jamais. Mais surtout, surtout, elle n'avait ni chien, ni chat comme celui qui lapait le lait dans la soucoupe posée sur le plancher de la *kitchen*. Il aurait peut-être fallu montrer l'image à la mère pour la convaincre. Madame Martin, elle, souriait toujours. Mary aussi.

« ARM-LEG-TOE », pour ces mots-là, ça allait. « MOUTH » : un son tellement difficile à rendre. Personne ne pouvait venir lui mettre la langue au bon endroit, et elle désespérait de jamais le trouver seule. Elle ne savait toujours pas le faire correctement après que les scènes eurent défilé semaine après semaine : *The Martin family at church, The family in the living-room, In the kitchen.* Elle aimait tout particulièrement la cuisine, la couleur verte des murs, le tabouret... et le chat. Mary allait à la ferme et au marché, elle repassait. Elle faisait même de vrais bonshommes de neige, ceux auxquels on fiche une carotte en plein milieu de la figure en guise de nez. La rue Mont-Royal ne permettait pas ce genre d'activités. Tout cela lui était étranger. Mais, après tout, cette famille, les quatre membres de cette famille parlaient une autre langue qui ne l'intéressait pas vraiment et même lui faisait peur. « FOOT-HAND-NOSE-EAR », elle apprenait sans passion tous ces termes équivalents. « TOOTH »... encore un de ceux qui vous rappelaient brusquement que vous n'y étiez pas, non, pas encore, que vous étiez juste à côté.

Elle s'était souvenue de tout et elle pouvait maintenant nommer toutes ces parties du corps par deux mots de langues différentes, mais lorsque le professeur de biologie lui demanda de les dessiner, en gros plan merci, Catherine s'affola. Comment lui expliquer qu'elle ne saurait rien reproduire de toutes ces lignes, ces courbes, ni faire apparaître tous les orifices pour constituer un corps digne de ce nom, ni respecter les proportions ? Ne pouvait-on se contenter de connaître les mots, de tout nommer à la perfection, sans faute d'orthographe, ça, elle le promettait également ? Devant le désarroi de la petite fille, la tante avait offert ses services. Elle ferait les tracés, les orbites, les os, tout, quoi. Elle, elle saurait respecter les proportions. Catherine ne savait que mettre une grosse boule en guise de soleil sur une feuille blanche. Quand elle avait découvert qu'un « i » inversé pouvait faire croire à un oiseau, elle en avait rempli le ciel. Mais il lui fallait d'abord penser à la lettre, s'accrocher très fort à cette idée pour vaincre sa peur de dessiner. Dans ses cours de mathématiques, elle avait réglé le cas de l'accolade en imaginant le profil d'une personne au nez retroussé. Encore là, ce n'était qu'en s'y accrochant très fort qu'elle pouvait se laisser aller à esquisser les courbes exigées.

Le squelette de la tante était lourd, affaissé. De surcroît, elle l'avait colorié avec un crayon trop orangé. La boîte de Prismacolor, sorte de cadeau obligé dont elle se serait bien passée, qui s'ouvrait sur trois étages, ne manquait pourtant pas de nuances. Catherine le savait pour l'avoir examinée, terrorisée par ce qu'elle aurait dû en faire. Les lettres dorées s'enfonçaient sur le velours rouge et rugueux de l'intérieur de la boîte. Celle-ci était faite de manière à pouvoir tenir debout. Chaque couleur avait un numéro précis et long qu'il fallait apprendre si on devait la remplacer. La boîte était luxueuse, Catherine savait qu'elle valait cher. Elle avait noté le prix chez

Pilon où elle allait examiner les globes terrestres à la dérobée. À droite du squelette, Catherine avait copié la légende avec plaisir. Dans ce domaine, elle se sentait compétente.

La jeune femme, grande, mince, au teint translucide qui lui réclamait cet exercice lui donna 6. Catherine en informa la tante. Le chiffre tracé à l'encre rouge était tout près du sexe du monsieur, le squelette était vu de profil, un sexe plus explicite que celui qu'elle avait découvert sur sa poupée Ken. La tante n'était pas du genre à escamoter ces choses. Il pendouillait, vaguement tourné vers l'intérieur. Un maigre 6. La tante en avait déduit que le résultat n'avait pas convaincu le professeur, Catherine n'avait pas eu besoin d'insister. La petite fille croyait que la couleur y était pour quelque chose. La tante comprit donc qu'elle devait s'appliquer davantage et dessiner plus clairement. Catherine, elle, nommait tout sans se tromper. Elle apprendrait peut-être également à nommer le mystère qui circulait dans les veines de la tante.

Pour l'œil, elle améliora sensiblement le résultat : 7,5, et raffina sa manière de colorier l'organe. Elle ombrageait certains endroits, soulignait au contraire par des lignes bien grasses les contours importants, là où les liquides ne devaient pas se mêler. L'espace réservé à la légende était aussi mieux centré. Bref, leur travail gagnait en précision. La coupe de la peau et son poil étaient rendus dans des teintes de rose qui avaient plu particulièrement à Catherine. Avec l'oreille, elles décrochèrent un 9. La tante l'avait coloriée en bleu et jaune, la proportion était ici parfaite. Catherine, elle, s'émerveillait des trois niveaux de l'organe de l'audition : externe, moyenne, interne, avec le tympan qu'il fallait protéger. Membrane précieuse qui se trouvait éloignée et proche à la fois, les renseignements à ce sujet semblant quelque peu contradictoires. Le pavillon, les liquides, la chaîne des osselets qui ressemblaient à des bouts de continents inconnus sur le globe. Le marteau ! Il fallait voir où il se situait. Juste à côté de l'enclume et de l'étrier. Le père avait failli perdre un doigt à cause d'un marteau, d'un coup qu'il s'était donné par mégarde. Il avait refusé qu'on le lui coupât, même si le sang ne circulait plus très bien. Avec le reste de la laine des mitaines de Catherine, la mère lui avait tricoté un doigt de laine verte pour le garder au chaud. Avec l'oreille, la tante et elle avaient réussi leur grand œuvre. Tous les canaux s'y trouvaient, à la fois indépendants et liés entre eux. Dans son cours de mathématiques, au hasard d'une formule qu'elle avait transcrite, elle venait de découvrir un baiser fugitif entre deux accolades. Tant que la tante serait là pour dessiner aussi clairement l'intérieur de son corps, rien de grave ne pourrait lui arriver.

* * *

Avant de partir rejoindre les autres, ses chers disparus, la tante, comme le père, sombra dans le coma. Le caillot, celui qui se promenait en traître dans les artères de la tante depuis tant d'années, n'avait pu être repoussé cette fois-ci. Par où s'était-il faufilé ? Catherine aurait voulu savoir où s'était logé ce caillot mortel. Dans le cœur que la tante avait dessiné on ne distinguait rien d'anormal. Catherine était retournée voir dans son cahier pour s'en assurer.

À l'hôpital où elle gisait, on ne les laissait entrer qu'un à un. Couchée dans un petit lit, elle ne respirait plus que grâce au sifflet qu'on lui avait glissé dans la bouche. Personne ne savait ce qu'elle pouvait comprendre là où elle était. Catherine glissa ses doigts dans le creux de la main qui reposait sur le drap blanc. Elle ne rapporta jamais à personne la légère pression de l'index contre sa main. Le mouvement se répéta quelques fois comme pour l'assurer hors de tout doute qu'il ne s'agissait pas d'un simple réflexe. La main de la tante était bouillante et Catherine comprit que plus jamais elle ne se calerait contre le corps chaud, que plus jamais elle ne sentirait contre son menton le couvre-lit piqué en soie synthétique bleue. La bouteille de Vicks, le chapelet et les mouchoirs ne serviraient plus jamais. La tante partait, la quittait. Elle savait cependant qu'elle la retrouverait en rêve aux moments importants.

Mercredi

Les soirs où la tante s'absentait, elle laissait toujours un message à Catherine sur les marches de l'escalier. Quelques mots, juste quelques mots pour lui dire qu'elle pensait à elle, qu'elle l'aimait toujours, que là où elle était allée elle n'avait pas été aussi bien que si elle était restée avec elle, et puis la tante ajoutait qu'elle était très fatiguée, qu'elle devait aller dormir et qu'il était possible qu'elles se retrouvent en rêve...

La tante avait le plus grand respect pour les rêves dont elle se souvenait. Le matin, au déjeuner, il arrivait qu'elle raconte à Catherine les histoires auxquelles elle avait été mêlée durant la nuit. Lorsqu'elle rêvait à ses morts, la tante devenait songeuse. La petite fille la découvrait presque inquiète. Sur ce point la tante était catégorique : les morts n'étaient pas bien là où ils étaient lorsqu'on rêvait à eux. Et la tante cherchait tout haut ce qu'il fallait déduire de ces scénarios étranges. Avec sa voix basse, grave, elle entraînait Catherine dans ses images. Elle hochait la tête, cherchant toujours. Il fallait les délivrer de quelque chose. L'amour qu'on vouait aux êtres ne pouvait ni ne devait prendre fin. Catherine se demandait alors si elle pourrait jamais jouer ce rôle qui semblait tant épuiser la tante.

Quand la petite fille sut que la tante avait rêvé au père, elle n'osa presque plus avaler. Elle laissa refroidir ses « cramiques », la tante et elle avaient ainsi baptisé les parties d'une toast découpée en quatre dans le sens de la longueur, et elle attendit, immobile sur la chaise. Malgré tout, sous ses fesses, l'osier craqua. La tante était toujours silencieuse. Ce matin-là, elle avait la migraine et elle s'épongeait le front avec la débarbouillette d'eau froide qu'elle gardait toujours avec elle pour ces mauvaises journées. Oui, elle avait rêvé à Frank, ce n'était pas bon signe. Comme pour témoigner de son impuissance, elle lissait la nappe en repoussant toujours les mêmes miettes. Catherine attendait, médusée, convaincue à l'avance de l'importance du message. En esprit, elle s'unissait à la tante pour l'aider à trouver la réponse. Elle n'avait jamais douté que le père parlerait à la tante. Elle était certaine qu'il la choisirait comme porte-parole, mais elle brûlait de savoir s'il avait dit quelque chose à son sujet, s'il n'y avait pas une commission particulière pour elle. Les doigts rougis de la tante, les doigts aux veines saillantes, finissaient de regrouper les miettes. Elle les avait entassées à côté d'un des épis brodés sur le coton blanc de la nappe. Le fil orangé de tous ces épis qu'on retrouvait à intervalles réguliers luisait encore malgré les lavages répétés. Catherine trouva un certain réconfort à glisser le bout de son index sur un de ces motifs renflés. C'était doux, lorsqu'on adoptait un sens et qu'on s'y tenait. La tante hochait toujours la tête, les yeux baissés sur la nappe. De là où il était, Frank se faisait entendre et la tante voulait comprendre. Catherine savait que trop de sang montait à la tête de la tante et elle était certaine que tous ces rêves y étaient pour quelque chose.

Samedi

Il lui arrivait de rester à dormir chez la tante, l'été surtout. Celle-ci ne craignait pas la poussière et laissait la porte du balcon ouverte. La petite fille connaissait bien le divan où elle s'allongeait pour écouter de la musique. Elle y retrouvait les mêmes fils doux et soyeux que ceux de la nappe, les mêmes renflements. Les deux tissus procuraient une sensation de froid en vous laissant la possibilité de choisir entre le confort et l'inconfort. Les jours où elle demeurait officiellement au troisième étage, la tante étendait un drap blanc sur le divan. Il n'y avait alors plus de choix possible.

Le lampadaire de la rue Mont-Royal éclairait très bien le coin gauche de la pièce. Le stéréo, plus long que celui de la mère au deuxième étage, la narguait. Le couvercle avait été refermé. La surface était lisse, plane.

Lorsque le panneau de droite était remonté, il se transformait en cercueil. Catherine ne manipulait qu'avec crainte cette sorte de modèle réduit et simplifié de ceux qu'on retrouvait dans les salons funéraires. Devant ces corps tronqués il fallait s'agenouiller. Elle évitait toujours de regarder les ailes de nez cireuses de ces acteurs parfaitement immobiles. Elle n'avait d'ailleurs aucune confiance dans ces gens qui décidaient de dissimuler ainsi la moitié du corps des autres. Personne n'aurait pu la convaincre qu'on avait bel et bien laissé intactes les jambes de tous ces gens. On lui avait parlé d'un trou sur le côté, histoire de vider le corps. Catherine imaginait qu'on préférait peut-être couper le corps avec une grosse scie mécanique pour aller plus vite. Attendre que le corps se vide, ça devait quand même être long, et puis personne ne demandait à voir, alors on avait beau jeu ! La preuve : le père avait fini ainsi malgré son unique jambe que personne ne voyait plus. Avec quel instrument faisait-on le trou sur le côté ? Quel type de perforateur ? Elle avait de la difficulté à imaginer concrètement les opérations dans ce cas-là, alors que la scie lui paraissait tout indiqué. Il avait bien fallu la voir en action lorsque le père avait perdu sa jambe. Au musée de cire de Madame Tussaud où l'avait emmenée tante Yolande, il y avait une chambre des tortures et plein d'instruments coupants. Une guillotine... Non, le père n'avait pas perdu la tête mais la jambe. La scie pourrait s'enfoncer facilement dans la cire rosâtre des personnages. Pour le père, elle avait vu du sang, beaucoup de sang. Elle avait cherché, il fallait faire vite, sur le satin, des traces de ce trou et du travail effectué par les croquemorts. Rien. Ils avaient tout camouflé avec du satin blanc accumulé dans les coins comme le papier de soie que l'on froissait pour mieux faire tenir les cadeaux fragiles dans une boîte.

L'autre partie du stéréo ne s'ouvrait pas plus que celle du cercueil. Dans la partie amovible, on avait creusé un rectangle profond pour glisser les disques de façon à ce qu'ils échappent complètement à la vue. La tante avait quelques 45 tours, les chansons qu'elle préférait : Sacha Distel, *Les Yeux d'un ange* ou *Les Yeux fermés*, Catherine les confondait toujours. Même quand cette partie du meuble était fermée, la tante n'y posait jamais de bibelots contrairement à la mère, indiquant ainsi clairement l'usage qu'elle préférait qu'on en fasse.

Couchée sur le divan, Catherine retrouva les petites bosses familières sur le dossier. Avec un ongle écorché et un bout de peau relevé, elle pinçait la soie et sentait de petits fils frisottés surgir au milieu des doux renflements. Lorsqu'il lui arrivait de provoquer ainsi un accroc et qu'elle s'en était dépêtrée, elle lissait l'endroit avec un redoublement d'ardeur puis, jugeant y avoir consacré assez de temps, elle s'égarait autour, histoire de voir si son doigt retrouverait le lieu de l'incident. Elle n'était rassurée qu'en constatant qu'il ne rencontrait rien d'anormal. Parfois, dans cette expédition de reconnaissance, elle provoquait un nouvel accroc, voire plusieurs. Il aurait alors fallu recommencer l'exercice autant de fois. Mais c'est qu'elle n'avait plus le temps et la patience, et alors, mais seulement alors, il lui arrivait de tirer violemment. L'ongle accroché se libérait en emportant avec lui un peu du fil de soie. Avant de l'examiner dans la lumière qui venait de l'extérieur, Catherine avait entendu le bruit du fil qui cède. Pas besoin de voir. Demain matin, avant de quitter les lieux, elle passerait doucement la main sur le dossier. Cependant elle savait déjà qu'elle ne trouverait rien, qu'elle déciderait que tout était normal. La certitude de cette idée lui déplut comme si le temps consacré à cette inspection minutieuse n'avait plus de sens. Catherine comprenait obscurément que les deux façons de faire étaient bonnes ; en fait, il ne s'agissait que de choisir celle qui convenait au moment opportun. Elle savait aussi qu'elle aurait pu coucher tous les soirs sur le divan et ne jamais finir d'en explorer les renflements. De même qu'ils dispenseraient toujours leur fraîcheur, quoi qu'il advienne. Il s'agissait d'une sorte de pacte entre eux et elle. Parfois elle ratissait large avec la paume de la main juste pour être certaine d'avoir au moins tout frôlé à défaut d'avoir caressé chaque renflement. Elle ne couchait pas toujours là. L'été surtout. D'autres soirs, le corps de la tante était plus attirant. Au deuxième étage, lorsqu'on l'obligeait à garder sa chambre, elle craignait les morts qu'elle connaissait, ceux qu'elle avait vus allongés. Ils viendraient la réveiller, c'était certain, en lui tirant les pieds. Dans la pénombre, le cercueil-stéréo ne bougeait pas. Malgré le temps qui passait, la lumière de la rue éclairait toujours les mêmes angles. Le coton de la taie d'oreiller tout juste sortie de l'armoire était frais, lui aussi. Catherine sentait encore les plis du repassage sous sa joue. Un peu de bave avait commencé à couler dessus, tout doucement.

La tante avait laissé la berceuse sur le balcon. Catherine voyait la couverture qui la recouvrait à longueur d'année. La tante avait entre autres pouvoirs celui de rendre le lainage frais ou chaud. C'était selon. Par la fenêtre, Catherine voyait aussi le dossier de la chaise, les pommeaux ronds, dodus. Elle imaginait l'autre chaise à droite, la sienne. Peut-être que la tante accepterait de coucher sur le balcon encore une fois, avant la fin de l'été ? Catherine lui apporterait le pouf pour qu'elle puisse y étendre ses pieds, et elles mangeraient tous les raisins bleus du bol. La petite fille était prête à avaler tous les centres visqueux dont on ne réussissait pas aisément à extraire les pépins. Le bol doré qui luisait dans l'ombre comme au soleil, en fait il luisait tout le temps, serait vide. Il n'y aurait plus que le squelette mou du raisin, quelques pépins, ceux qu'on attrapait malgré tout. Le lendemain matin, la tante le porterait à la cuisine. Elle, elle préférait les raisins verts, sans pépins. Ils étaient aussi généralement plus fermes. Catherine se donnait parfois la peine d'ôter délicatement la peau avec ses dents. Il fallait surtout bien faire attention de ne pas malencontreusement entamer la chair. Le raisin ainsi mis à nu, elle le glissait dans sa bouche et promenait sa langue sur cette chair à la fois molle et ferme, et remplie de promesses. Au bout d'un certain temps, elle mordait la petite boule devenue toute chaude, presque palpitante d'avoir ainsi séjourné sous son palais. Avec les smarties, elle entreprenait souvent le même genre d'opération qui consistait à libérer la pastille de chocolat de son écale de couleur. Pour briser la coque il fallait agir encore plus délicatement qu'avec le raisin. Elle aurait aimé que la mère en fasse autant avec la coquille des œufs de manière à ne pas casser le jaune, mais la mère semblait s'en ficher éperdument.

Si elles couchaient sur le balcon, alors Catherine attendrait que la tante s'endorme. Quand la bouche de celle-ci s'ouvrirait, doucement, elle essayerait, elle aussi, de sombrer dans le sommeil malgré les autobus qui passaient régulièrement. Aux côtés de la mère endormie, il lui venait toujours l'envie de la mordre. Catherine avait vu les fils entre les lèvres légèrement disjointes des cadavres. Celles de la tante laissaient passer un souffle qu'elle savait chaud. La tante, elle, ne l'abandonnerait pas. Sur le divan, elle ferma les yeux. Demain c'était dimanche. Le père n'était plus là pour chanter l'ennui des dimanches. Sa chanson parlait même des enfants qui semblaient s'ennuyer plus que les autres personnes. Catherine aurait aimé que le père lui présente cet homme qui semblait si bien comprendre les enfants. Plus jamais il ne la chanterait. Il avait disparu au temps des raisins bleus que la tante aimait tant. Demain la mère pleurnicherait et la tante mettrait ses plus beaux bas élastiques. Pour rien au monde Catherine n'aurait voulu manquer ce spectacle. Sur le divan, elle s'endormit en pensant au corps chaud de la tante qui reposait dans la pièce d'à côté.

Vendredi

Les jambes de la tante étaient couvertes de veinules bleuies, rougeâtres. Catherine les suivait des yeux pour aboutir à des confluents indécis. Doucement, tout doucement, avec son index à l'ongle rongé, elle aurait voulu suivre le parcours sinueux et gonflé de l'une d'entres elles. La caresser en quelque sorte. Il y en avait tellement. Un véritable labyrinthe. Les mains de la tante étaient toujours chaudes. Les mêmes grosses veines y refaisaient surface. Parfois la tante les triturait en grimaçant. Les jours de migraine. Il arrivait ainsi qu'elle ait mal à la tête et qu'on n'y puisse rien. Lorsque le mal survenait, c'était en général pour quelques jours et

Catherine perdait alors la possibilité de disposer de ce corps douillet. La petite fille ne comprenait pas bien la résignation qui s'installait chez la tante. Elle, elle était prête au grand combat. Elle aurait peut-être pu faire quelque chose, endiguer le sang qui montait ainsi à la tête de la tante périodiquement. Non. Il fallait alors se soustraire au corps chaud. Il fallait attendre. Laisser passer le temps. Et ce temps-là passait bien lentement. Le remède n'existait pas pour la tante. Il n'y avait, semblait-il, rien à faire. Même les bas élastiques, ceux qu'elle achetait à la pharmacie Montréal, n'étaient d'aucun secours. Rien à faire. Même avec la paire du dimanche. Celle-là se reconnaissait tout de suite parmi les autres. Son élasticité toute neuve sautait aux yeux.

Peu importait la paire qu'elle enfilait, la tante procédait toujours de la même manière et Catherine n'aimait rien tant que de voir la tante mettre ses bas. La mère, sur les jambes de laquelle ils montaient à vive allure, utilisait le même procédé de base. D'abord et avant tout il fallait tourner le bas à l'envers jusqu'à l'extrémité renforcée. Tout commençait par cette zone ombragée, réservée aux orteils. La tante déroulait le bas avec application, le dépliait pan par pan, jusqu'à la cheville. Certains jours elle n'allait pas plus loin et se chaussait immédiatement. Catherine préférait assister à la grande opération, celle qui consistait à fixer le tissu rebelle au porte-jarretelles. De la cheville, l'opération se révélait plus essoufflante. Le bas opposait sa résistance protectrice. Il montait, à condition que l'on tire un peu, juste ce qu'il fallait. Le bas de la mère glissait, lui, vers la jarretelle. Catherine aimait voir la tante manipuler cette deuxième peau, la coller elle-même à son propre corps. Le mouvement des poignets, toujours le même, s'accélérait une fois le mollet recouvert. La jambe devenait lisse et du même beige que ses collants d'école. Sous le tissu, les veines s'écrasaient, refluaient. La tante elle-même ne les verrait plus. Catherine aurait voulu pouvoir faire ces gestes sur son corps, mais où ?

On avait ouvert les jambes de la tante. Les deux jambes. De haut en bas. Ainsi donc on s'était promené dans tous ces petits canaux. On avait fait tout ce qu'il était possible de faire et on les avait refermées. La tante devait s'arranger ainsi. Catherine n'aimait pas ces expressions mais elle n'en connaissait pas d'autres : ouvrir, refermer. Ensemble, elles ne présageaient rien de bon. L'oncle Narcisse était mort quelques mois auparavant. La tante avait alors eu de nombreuses conversations téléphoniques où elle répétait inlassablement à tous ceux qui l'appelaient qu'on l'avait ouvert et refermé. Le verdict semblait tout entier contenu dans ces deux mots qui s'affrontaient, attachés l'un à l'autre. Attablée face au téléphone, la tante ne demeurait jamais debout bien longtemps, elle s'emparait toujours du crayon avec sa main droite. Avec la mine, elle séparait la mince frange du napperon qui recouvrait le petit meuble, l'auriculaire levé, comme quand elle prenait sa tasse de thé, du thé bien fort qu'elle faisait en quantité abondante et qu'elle laissait sur la cuisinière toute la journée. Parfois, lorsque l'appel durait très longtemps et que la tante n'en finissait plus de multiplier les marques de sympathie si bien que toute la frange avait été démêlée soigneusement, Catherine la voyait prendre un bout de ce même napperon pour frotter le téléphone là où elle semblait détecter de la poussière. Le crayon toujours en main, son majeur s'activait sur l'appareil. Elle exerçait ainsi de petites pressions en multipliant les : « Ah, bien c'est certain... c'est pas facile, non... » Devant une surface qui ne voulait pas reluire, elle mouillait ce doigt plus long que les autres pour faire place nette, puis elle essuyait avec le napperon. Parfois elle prenait carrément son tablier en allant jusqu'à le faire pénétrer sous le berceau du combiné, là où on ne pouvait pourtant pas voir la saleté. Puis elle soulevait l'appareil et essuyait le bois du meuble avec ce même tablier en ayant soin de lever un peu le napperon tout doucement. Il fallait aller au-delà des apparences. Catherine faisait confiance à la tante pour ça et savait obscurément que ce serait là le prix à payer pour partager la richesse de son univers. Sa tête dodelinait d'approbations murmurées alors que son regard tournait autour de l'appareil pour surprendre d'éventuelles zones d'ombres. À la fin des appels, le dessus du meuble et le téléphone, tous deux noirs, rutilaient. Il lui arrivait comme ça de les astiquer plusieurs fois par jour.

Quand elle entendait la sonnerie, Catherine accourait dans la pièce et s'étendait sur le divan aux couleurs violacées. En épiant la tante elle essayait de deviner l'interlocuteur. Avec le crayon, la tante y allait aussi de quelques traits sur le bloc-notes posé juste à côté de l'appareil, bloc-notes qui n'échappait pas lui non plus au grand ménage des conversations plus longues. Les feuilles s'empilaient inégalement dans l'étui de plastique, la tante les taillait sans trop de souci, juste pour pouvoir les y insérer. L'oncle était trop avare pour acheter des feuilles faites sur mesure. La tante récupérait tout, n'allait jamais se faire coiffer et ne portait que des manteaux de drap. Elle qui rêvait d'une fourrure. Quand Catherine prenait le combiné pour parler à la mère qui la sommait de revenir au deuxième étage, elle notait les traits réguliers marqués par la tante comme si elle avait reporté le travail de la frange du napperon sur la feuille blanche. La mère de Catherine ne s'embarrassait d'aucun calepin. Mais la tante avait un chambreur et l'oncle des locataires. La tante prenait les messages. On pouvait compter sur elle.

Parfois Catherine s'installait sur le divan inutilement. La question se réglait très rapidement. Elle préférait les longs appels, ceux où elle pouvait se laisser bercer par la voix de la tante. Elle connaissait mieux que n'importe qui les bienfaits de cette voix, la chaleur de cette femme, et elle tolérait que les autres en profitent, mais pas autant qu'elle. Elle voulait bien partager, à condition de pouvoir écouter. À la fin de ces conversations téléphoniques, lorsque résonnait le « bonjour, là bonjour » rempli de promesses, et malgré les terribles « fermer et ouvrir » qui avaient pu être prononcés, elle mesurait sa victoire : la tante lui en donnait plus à elle. Toujours plus à elle. Ce corps chaud, trop chaud au dire des médecins, lui appartenait d'abord à elle. Elle appréciait la chaleur de ces mains et le confort de ce ventre gros et rond, moins flasque que ceux des femmes qui avaient eu des enfants et sur lequel pendaient deux seins mous aux mamelons beaucoup plus foncés que ceux de la mère. Avant les bas, la tante enfilait un corset pour tenir le reste en place. Un corset blanc, lustré comme les bas du dimanche. La tante ne se cachait jamais. Elle avait montré à Catherine les incisions sur ses jambes. Il ne fallait surtout pas que le sang se mette à couler, et pourtant la peau semblait si claire par endroits.

Catherine avait des lieux d'observation privilégiés pour les longs appels et elle ne dédaignait pas ce parcours qu'elle n'aurait pas suivi autrement. Aussi, il lui arrivait d'être déçue de ne pouvoir rêvasser sur la cretonne fleurie du divan. Tout en haut de la pharmacie, le saint Christophe était fidèle. Lui aussi entendait tout, magnanime. Porté par l'homme, l'enfant de plâtre avait toujours le même regard qui se voulait dénué de méchanceté. Catherine se méfiait. Il entendait même ce qu'elle ne pouvait entendre. Placé de biais par rapport au puits de lumière, il était haut, très haut. La mère de Catherine se plaignait régulièrement de la hauteur des murs quand arrivait le temps d'acheter de nouveaux rideaux. Certains jours, lorsque le soleil pénétrait avec force, quoique toujours tamisé par ces carreaux salis qu'on ne pouvait laver, l'enfant étalait sa naïveté tranquille avec encore plus d'insolence. Catherine en profitait alors pour l'examiner. Le plâtre de ses doigts levés était écaillé. Parfois, sous certains éclairages, le rose de la peau des deux personnages se confondait avec la couleur des murs. Le dimanche à l'église, saint Louis de Gonzague arborait le même rose. Elle préférait la statue grandeur nature de la Vierge, celle qui trônait au couvent dans la salle où avait lieu le lever du drapeau le lundi matin. Le blanc et le bleu étaient impeccables. Et puis on voyait clairement que la Vierge piétinait le serpent. Le reptile vert, langue sortie, était d'un vert irréprochable... Catherine aimait mieux cette menace clairement déclarée, ce franc combat. Elle avait atrocement peur des serpents, mais s'il l'avait fallu... Oui, elle préférait cette statue contre laquelle elle pourrait lutter plutôt que cette autre reproduction de la Vierge en plastique laiteux et légèrement verdâtre qu'elle avait reçue à sa première communion. Bien en évidence parmi les nombreux objets de son bureau, elle l'avait découverte illuminée au cours de la nuit. La frayeur l'avait paralysée dans son lit. Dans sa chambre à elle, au deuxième étage, le puits de lumière était sombre, mais elle s'était rendu compte que de cet endroit elle réussissait à entendre plus clairement les conversations en provenance du troisième.

Elle avait peur des morts. Elle sanglotait au cœur de toutes les nuits à la porte de ses parents. « Les morts étaient morts », « Heureux où ils se trouvaient », rajoutait-on devant ses hoquets. Catherine avait peine à imaginer que l'on se plaise à être mangé par les vers. L'oncle Narcisse était mort depuis peu et il était difficile de croire que les vers en soient bien loin dans leur travail de sape. Après sa mort, après « l'ouverture et la fermeture », tante Denise avait donné à Catherine, au moment de sa première communion, une encyclopédie en deux tomes qui lui avait appartenu. Heureusement, elle avait eu d'autres cadeaux : des pièces en or, des crayons Waterman, des chapelets, des bénitiers. Tante Yolande lui avait offert deux globes terrestres. Un petit, brunâtre, piqué de quelques trous stratégiques, qui témoignait d'un monde qui n'existait plus. Après l'avoir rempli de crayons, elle le faisait tourner violemment et il arrivait qu'un de ceux-ci s'arrache à cette gravitation. Alors Catherine s'arrêtait, apeurée. Elle préférait le gros, un vrai globe plein de grands espaces bleus. Il tournait et pivotait. Elle avait repéré le lac Titicaca et Montréal. Chez Pilon, elle avait déniché un globe semblable mais couvert de bosses étranges. Quand elle avait été sûre que personne ne pouvait la voir, elle l'avait caressé. Il y avait là plein de petits trous graveleux et froids. Les jambes de la tante, elles, étaient sûrement brûlantes avec tout ce sang qui courait sous sa peau et avec elle, Catherine irait au bout du monde.

Lundi

Le lundi matin, chaque lundi matin, la tante faisait rouler la machine à laver jusqu'à l'évier. Elle sortait alors le linge sale qu'elle y avait empilé : les draps blancs, les bas de laine de l'oncle, ceux qu'on mettrait à sécher sur de gros cintres de bois troués, les mouchoirs… La mère de Catherine n'aurait jamais accepté de laver ces mouchoirs malgré son appareil automatique. Dans la cuvette, rangé dans la cuvette, perdu dans tous ces vêtements, il y avait le bout de bois avec lequel la tante dirigeait toutes les opérations et qu'elle remettait à Catherine au moment du rinçage. L'opération remplissage ne présentait aucun intérêt véritable. Catherine attendait impatiemment que la tante mette les vêtements dans l'eau. Avec le bâton, elle enfonçait les tissus. Le bruit de la machine se modifiait alors et devenait plus gras. Puis il fallait encore attendre. Catherine allait s'étendre sur le divan dans la pièce d'à côté, excitée, incapable de se concentrer sur quoi que ce fût. Le temps passait lentement, trop lentement. Elle voyait l'aiguille dorée faire le tour du cadran et pointer tour à tour, sans jamais se lasser, la danseuse espagnole à droite et le danseur à gauche. L'aiguille avançait, c'était certain, mais pas assez rapidement, on pouvait même l'entendre en prêtant l'oreille, mais Catherine préférait écouter le bruit de la machine qui enterrait assez facilement le tic discret de l'horloge.

La machine ruminait, régulièrement, et la petite fille était certaine que des mots se trouvaient mêlés aux vêtements. Il ne s'agissait que de les trouver, et ça, elle en faisait son affaire. Tout d'abord il fallait se laisser bercer par la cadence, oublier où on se trouvait, se perdre dans le son et puis, tranquillement, en épousant le rythme de cette musique, les mots finissaient par venir. Parfois le message était court : « j'ai faim » ou « j'ai peur »… C'était toujours Catherine qui parlait. L'accent était alors mis sur la première syllabe. Une fois lancée, elle répétait la phrase jusqu'à ce qu'elle lui semble tourner à vide. C'était seulement après avoir éprouvé un sentiment d'usure qu'elle changeait. Elle remettait alors son corps en mouvement dans des allées et venues qu'elle ajustait au rythme de la machine exactement comme lorsqu'elle sautait à la corde et qu'avant d'entrer dans la corde il fallait déjà adopter un certain mouvement. « Les - mois - de - l'année - sont………. » Elle détestait ce jeu qui ne la faisait entrer qu'à la fin de l'énumération, alors qu'il fallait s'agglutiner aux plus maladroites pour ressortir presque aussitôt. Elle prenait sa revanche avec les chiffres. « Un-deux… », elle sautait dans le ventre de la corde.

« J'ai faim », « j'ai peur », il fallait trouver autre chose, risquer une affirmation plus longue mais tout aussi fausse. Il ne s'agissait absolument pas de dire la vérité. Elle fonça vers l'inconnu : « J'ai mal aux dents », il fallait contracter les mots plus rapidement, les faire se bousculer pour épouser la mesure rapide de la machine ou, au contraire, bien installer chaque temps en l'étirant jusqu'à la plainte : « J'ai - mal - aux - dents. » On lui avait raconté l'histoire du loup et on l'avait prévenue qu'il ne fallait pas alerter les gens pour rien. Elle brava toutes les recommandations en se berçant avec sa phrase pendant encore quelques secondes. « À quelle heure on mange ? » Là elle devait installer une mélodie en liant les mots entre eux. Elle respirait plus profondément.

L'exercice se raffinait. Elle psalmodiait la phrase à voix basse de manière à la rendre inaudible car elle se fichait éperdument de l'heure à laquelle elle mangerait ! Au cœur de cette fausse question, elle entendit le mécanisme de la machine se bloquer, le cycle de lavage était enfin fini. Elle courut rejoindre dans la cuisine la tante qui, déjà au poste, avait dégagé le tordeur, instrument contre lequel elle ne cessait de la mettre en garde. La tante répétait les instructions : « ne pas s'approcher du tordeur et attendre que les vêtements soient déjà sortis de l'appareil pour tirer ». Avec le bâton, la tante extirpait les morceaux un à un du ventre de la machine, puis elle les engageait dans ces boyaux externes. Les rouleaux tournaient l'un sur l'autre ou l'un contre l'autre, Catherine n'avait jamais élucidé le mystère. Leur réputation était si mauvaise qu'elle n'osait presque pas les regarder. De l'autre côté, Catherine voyait sortir les morceaux à la fois raidis et remplis de plis. Avant même qu'ils ne touchent l'eau de rinçage, elle les dirigeait dans la cuvette. Les taies d'oreiller arrivaient les unes derrière les autres, les mouchoirs venaient ensuite. Rapidement, Catherine les immergeait pour faire de la place à ce qui suivait. Les tissus reprenaient leurs formes en devenant lourds. Au centre des draps, des voiles se tendaient pour disparaître aussitôt. La tante fouillait toujours jusqu'au moment où elle ramenait un ultime mouchoir. C'était alors que Catherine héritait du bâton.

À l'extrémité, elle retrouvait l'encoche familière. Elle la frottait en signe de reconnaissance. Elle touillait maintenant tout le contenu de la cuvette avec frénésie. Parfois le bâton restait pris dans un tourbillon de plis. Les draps étaient particulièrement voraces. Elle était toujours étonnée de sentir la profondeur de cette succion d'où il lui fallait presque arracher son instrument. Mais elle engageait ces combats en sachant qu'elle aurait le dessus. En tirant avec force, elle eut peur soudain que l'encoche ne déchire les draps. Avec les tissus mûrs, la mère faisait des guenilles qu'elle accumulait comme un véritable trésor dans le dernier tiroir de l'armoire de la cuisine. Dès qu'elle voyait poindre le moindre accroc, la mère en profitait pour procéder à la transformation. Avant même qu'il y ait un accroc, elle supputait les chances de faire éventuellement de « bonnes guenilles ». Catherine avait senti de petits trous dans le drap que la tante étendait sur le divan où elle couchait parfois, comme ceux qu'on voyait sur la nappe. Mais elle savait que la tante n'aurait jamais sacrifié la nappe aux épis brodés simplement pour enfoncer son doigt dans les trous et tirer, tirer, comme le faisait la mère. Un sifflement continu fendait l'air et, bien après qu'il avait cessé, on retrouvait dans ce même air les particules du coton que la mère avait fait éclater avec un plaisir non dissimulé. Dans l'univers du troisième étage, on prolongeait les choses. Son bâton dégagé, Catherine n'osait plus l'enfoncer. Dans quelques instants, la tante reprendrait le contrôle des opérations en poussant la tige sur le côté de la machine, celle qui décidait de tout. Bâton en mains, elle procéderait en sens inverse. Avait-elle appris à se méfier de l'encoche ? Elle n'en avait rien dit à Catherine. Pour rien au monde le sang de la tante ne devait couler. « J'ai peur... » La phrase revint. Seule. Sans la mélodie de la machine.

Jeudi

Le soir du cinéma Kraft, la tante recevait sa commande. Le petit livreur n'avait que deux escaliers à monter, il n'avait même pas besoin d'enfourcher sa bicyclette. Avec la facture, il y avait toujours les timbres Gold Star. Elle savait qu'il fallait attendre qu'il y en ait suffisamment, la tante préférant les accumuler plutôt que de les coller au fur et à mesure. Arrivait le jeudi où Catherine proposait de faire le travail. Au cours de la semaine, elle avait noté que les petits rectangles dorés débordaient de la tasse de verre à mesurer où ils étaient entassés. La tante l'installait alors au bout de la table avec un petit bol d'eau et un linge.

D'abord, Catherine remplissait les pages avec les rectangles parfaits. Puis venait l'opération d'assemblage nécessaire pour occuper tout l'espace. Il fallait le couvrir, complètement, comme dans les mots croisés. Lorsqu'il n'y avait que quelques timbres, elle y allait d'un bon coup de langue. Avec de petites commandes, la tante avait obtenu toutes sortes de « L » plutôt difficiles à emboîter. Catherine agençait les bandes verticales et horizontales. Sur cette planche de jeu rien n'était irréparable. Et le collage, eût-il été fait hors de toute logique, ne laissait aucune trace des diverses avenues qu'elle avait choisi d'emprunter. Tout remplir, tel était l'unique objectif qu'on lui demandait d'atteindre, peu importait comment. À la fin, la feuille gondolait toujours un peu. Elle veillait d'ailleurs à mettre assez d'eau pour cela. Elle reprenait la même opération à l'envers de la page. Avec la paume de sa main elle s'assurait du degré d'humidité.

Dans la pièce d'à côté, la voix de l'homme reprenait la recette avec le Cheeze Whiz, elle détestait le fromage, et celle de la tarte, celle où les mains d'une femme jetaient quelques guimauves miniatures sur le dessus en guise de décoration. Les ongles étaient impeccables. Dans la cuisine, attablée juste en dessous du calendrier à la femme nue, en entendant la voix, elle imaginait les longs doigts fins tandis qu'elle finissait le travail avec son poing fermé, gage d'une adhérence sans retour. La tante n'achetait jamais de guimauves ou de Cheeze Whiz, mais le Velveeta qu'exigeait l'oncle avait la même couleur orangée que ce dernier.

Contre toute attente, la mère avait consenti à ce qu'elle essaie la recette de Rice Krispies avec les guimauves. Il en était resté, et Catherine n'avait pu se résigner à manger ces petits dés poudreux, trop sucrés. Pour ne pas les gaspiller, la mère lui avait alors suggéré de répéter la recette. On avait dû monter du rez-de-chaussée une seconde boîte de céréales. Personne ne mangeait de céréales au déjeuner, et Catherine voyait venir, non sans une certaine appréhension, le moment où la mère apporterait d'autres guimauves pour ne pas perdre les céréales. La voix du jeudi soir et les mains de la dame avaient engendré une horrible chaîne que la petite fille n'aurait jamais pu soupçonner. Les ongles de la dame étaient si parfaits... Les siens étaient rongés. Elle les cachait parfois. La mère étalait une laque sur ses ongles, elle aussi, mais en plus foncé. Les mains de la tante étaient gonflées par des veines saillantes. Elle les savait chaudes, douces pourtant, et le matin elle se perdait dans les lunules des ongles de celle qui s'obstinait à ramasser les miettes des tranches d'un pain croûté qu'il fallait la plupart du temps enfoncer dans le grille-pain. Avec son majeur, la tante taquinait les miettes. C'était à ce moment-là bien souvent qu'elle racontait ses rêves. Les demi-cercles se faisaient alors plus larges. La tante se concentrait. Catherine s'accrochait à ces espaces blancs, toujours un peu inquiète de voir la tante se perdre ainsi dans les méandres de ses aventures nocturnes.

Depuis que la voix Kraft l'avait, elle, enfermée dans ce cercle vicieux, elle se méfiait. Elle avait ainsi remis à plus tard son projet de mettre à l'épreuve l'huile Crisco. Avec les gants blancs qu'elle emprunterait à la mère, on n'aurait pourtant pas vu ses ongles et elle savait qu'il suffisait d'imiter parfaitement le mouvement du poignet de la dame qui soulevait les morceaux de poulet, ce qui ne devait pas être très difficile. Kraft, Crisco, il ne s'agis-sait somme toute que du même mouvement du poignet. Mais maintenant elle hésitait à s'engager dans une expé-rience de cet ordre. Dans quel cercle serait-elle entraînée cette fois-ci ? Pourtant elle continuait à faire « comme si » dans sa tête. Avec les gants elle était sûre qu'elle arriverait à confondre tout le monde. Cependant, plus le geste se précisait dans sa pensée, plus elle craignait de ne pouvoir l'exécuter convenablement au moment voulu. Après la cuisson, on récupérait presque toute l'huile. Elle était certaine que la tasse à mesurer de la tante convien-drait pour l'expérience de la cuillerée en moins. Cette cuillerée, elle aurait bien voulu la vérifier. Mais si la publicité ne mentait pas, elle n'en aurait jamais fini avec la bouteille.

Il ne restait plus que quelques pages au carnet. Elle évalua qu'elle pourrait même en commencer un autre. Après, quand tout serait bien rangé, peut-être jetteraient-elles un coup d'œil dans le catalogue, histoire de voir ce qu'elles pourraient en obtenir. La mère faisait la même chose avec les coupons Mark Ten. Elle désirait une lampe pour sa chambre. L'abat-jour était crème et un ange doré se tortillait autour d'un poteau. Catherine se dit qu'elle lui laisserait un papier en permanence pour la protéger, comme toutes les autres lampes de la maison. Rien à voir avec le carré de vitre transparent, sorte de petit aquarium de la chambre de la tante, rempli de billes chaudes qu'elle pouvait rouler du bout des doigts. La tante lui avait suggéré un sac d'école plus gros que celui qu'elle avait. En fait, elles avaient retrouvé dans le catalogue toutes les fournitures scolaires possibles, jusqu'au papier pour recouvrir les livres. Catherine préférait qu'elles aillent le choisir chez Pilon.

La voix de l'homme refaisait régulièrement surface. Catherine aurait voulu entendre le petit bonhomme Pillsbury, son rire gêné, et voir le doigt de la dame s'enfoncer dans son ventre mou. La tante faisait souvent les chaussons aux pommes. Elle en gardait toujours au congélateur pour se dépanner en cas de visite surprise. Et puis elle avait aussi les petits pains ronds qui se mettaient à gonfler très rapidement, comme de petits chapeaux de magicien d'où on aurait pu faire sortir des lapins, des foulards, tout le bazar, quoi. On les ouvrait tandis qu'ils étaient encore chauds et on laissait fondre le beurre. C'était presque aussi bon que le pain de maïs.

Les timbres étaient tous collés. Elles firent le tour de leur capital. Il en manquait encore beaucoup pour obtenir le sac mais la tante se montrait plus qu'encouragée. Elles étaient au delà de la moitié. Elle l'aurait pour septembre prochain, moment où il faudrait décider de la couleur du papier pour recouvrir les livres. Catherine savait déjà qu'elle le voudrait rouge. Elle sortait d'une année verte qui lui avait semblé terne. Les coins de sa grammaire n'avaient plus de vert que le nom. C'était pourtant dans ce livre qu'elle avait croisé dès le début de l'année Delphine et Marinette s'amusant avec les couleurs de leur palette. Elle les enviait tellement. Elle avait donné sa boîte de Prismacolor à la tante. À elle seule, la boîte valait un nombre considérable de carnets. Heureusement qu'elle la possédait déjà ! Mais le sac en demandait un peu plus. La tante s'amusait elle aussi avec de la peinture à l'huile en remplissant les espaces numérotés sur de grands cartons blancs que Catherine avait reçus en cadeau. Patiemment, le coude levé parfois, la tante avait reconstitué des jardins japonais, des ballerines, des flamants roses. Catherine se contentait de nettoyer les pinceaux dans les petits pots de térébenthine. Il fallait économiser la peinture et évaluer à l'avance les numéros qui seraient les plus sollicités, d'autant plus qu'ils ne se correspondaient pas d'une boîte à l'autre. C'était aussi la tante qui avait assemblé, plus par intuition qu'autrement, les morceaux de l'« invisible woman ». Elle ne comprenait pas véritablement l'anglais mais elle avait tout de même su mettre certains morceaux en place. Ses cousins, eux, assemblaient des voitures, des monstres. Surtout des monstres. Et ils prenaient beaucoup de plaisir à les peindre.

La tante avait fini de placer sa commande. Minutieusement. Le film ne l'intéressait pas, sinon les conserves auraient attendu sur le comptoir. « La mayonnaise Kraft… » Toujours la main de la dame qui devait à cet instant précis secouer une cuillerée avec précision dans l'œuf évidé. Elle regarda encore ses ongles rongés. Il lui faudrait absolument mettre un gant. La tasse à mesurer qui trônait sur la table, celle d'où elle avait extrait les timbres, aurait été parfaite, mais elle avait peur de faire cette vérification. La tante ramassa le bol d'eau sale dans lequel la petite fille avait humecté le coin de son chiffon.

Catherine passa au salon : les plats de bonbons avaient été remplis. La voix, reconnaissable entre toutes, donnait une ultime recette. Ils n'avaient encore rien inventé d'autre pour utiliser les Rice Krispies. La mère avait des livres pour Catelli, Brodie XXX mais rien pour les Rice Krispies. Il faudrait les éliminer tranquillement jusqu'à ce qu'il n'en reste plus un seul, un long travail de sape en perspective.

Elle retourna dans la cuisine où la tante vissait le grand bocal de farine au couvercle rouge, flamboyant. Il était trop tard pour qu'elle lui demande de faire une gibelotte. Il fallait qu'elles se lavent avant de s'installer devant le film de fin de soirée : une comédie musicale que la tante avait déjà vue. Elle ne pouvait donc lui demander de lui donner un peu de tout pour faire ces mélanges qu'elle adorait. La mère était horrifiée devant tant de gaspillage et de saleté. Catherine se fichait bien de ce que la tante lui donnait, pas toujours la même chose d'ailleurs. La tante décidait également des quantités. Dans le grand bol doré, la petite fille y allait d'une cuillerée ou de plusieurs de chaque ingrédient. Tout le plaisir tenait dans ces gestes. Et puis elle ne les vidait pas d'un coup. Il fallait installer l'ordre des choses, les étapes. Graduellement. Elle avait toujours beaucoup de farine mais elle savait aussi qu'elle devait se garder de la mettre d'un seul coup. La tante lui donnait des petites cuillères pour chaque bol. Catherine accompagnait ses gestes d'explications audibles d'elle seule. Autour de l'indispensable farine, du gruau et du sucre, la tante greffait les ingrédients qu'elle avait sous la main. Jamais la tante ne lui aurait imposé une marche à suivre. À la fin, elles jetaient tout. Elles le savaient dès le début. Il aurait fallu monter la boîte de Rice Krispies en douce au troisième étage. Mais elle avait déjà noté que les grains s'entêtaient à flotter. Au cœur d'un de ses mélanges, elle était cependant certaine de pouvoir les noyer.

* * *

L'eau tombait dru. La tante l'avait coiffée d'un bonnet de plastique semblable au sien. Elle l'avait savonnée, partout, après avoir elle-même frotté son corps du même parfum fort. Les bras, les aisselles, les seins, chacun de ses seins aplatis que la tante avait soulevés pour en frotter le dessous, le ventre rond que Catherine aimait voir se comprimer dans le corset luisant, et le sexe. Les poils de son pubis s'allongeaient, lourds de bulles et d'eau. En riant, la tante avait glissé sa main entre les jambes de la petite fille. Catherine avait senti le savon pénétrer tout doucement dans les lèvres que la tante entrouvrait ainsi. Elle aurait laissé la tante fouiller les moindres recoins de son corps et défaire tous les plis de sa peau. Elle riait aussi. Le dos, il ne fallait pas oublier le dos. Catherine enduisait les surfaces que la tante ne pouvait rejoindre. Lorsque la tante se frottait les jambes, Catherine avait toujours un peu peur. Les cicatrices qui s'étalaient à l'intérieur du haut jusqu'en bas étaient-elles assez bien refermées ? Parfois, en ôtant ses collants au retour du couvent, elle surprenait une marque rouge irrégulière le long de ses jambes, laissée par la couture du tissu. Elle suivait des doigts le tracé qui s'était creusé dans sa peau comme elle aurait voulu suivre celui de la tante pour faire refluer ce sang qui arrivait trop vite et avec trop de force vers le bas. Rincées, elles sortaient du petit cabinet de céramique où les carrés noirs étaient aussi rares et aussi irréguliers que ceux des grilles des mots croisés. Il aurait fallu étaler le plaisir sur tous les autres carrés, les blancs, l'écrire sur chaque rangée pour que jamais il ne soit emporté dans le tourbillon de l'eau. Les pieds de la tante avaient laissé de larges marques dans l'épaisse peluche mauve du tapis de bain. Elle prit soin de poser les pieds très exactement dans les traces de cette femme, comme pour mieux se perdre en elle. Ainsi, personne n'aurait pu soupçonner sa présence auprès de la tante, et la mère ne pourrait rien trouver à redire : elle n'avait laissé aucune marque, ni fait le moindre dégât.

Assise sur la cuvette de la toilette, la tante avait commencé à s'enfariner le corps. Elle avait extrait une houppette de la boîte rose qui reposait sur la tablette de vitre à côté du petit chien de Phentex au corps odoriférant. Encore une fois, elle dut soulever ses seins pour se sécher complètement. Tout semblait plus mou que sur le corps de la mère, tout semblait plus confortable. La tante l'attira à elle et la frotta avec sa serviette. Au milieu des chatouilles, elle se tortillait comme le petit bonhomme Pillsbury. La tante annonça qu'elles se feraient des chaussons aux pommes. Elles avaient juste le temps avant que le film débute.

Le long du comptoir, Catherine cogna le cylindre de carton. Il fallait donner un bon coup sur la ligne noire de manière à l'éventrer. Elle ne réussissait jamais du premier coup, de peur d'y aller trop fort et que ça explose ! Dans le carton finalement déchiré, la pâte se contorsionnait bizarrement, tirée autant vers la droite que vers la gauche. Sagement, elle suivit le tracé indiqué pour séparer les chaussons les uns des autres. La pâte avait été reliée lâchement. Le pointillé imitait une suture grossière sur laquelle il fallait tirer délicatement pour respecter les proportions établies.

Pour ne pas rater le début de l'histoire, elles avaient dû étendre le glaçage pendant que la pâte était encore chaude. Elles entendirent le bruit des claquettes bien avant de voir les danseurs. Catherine anticipait déjà les duels sonores entre les deux partenaires, les raffinements de dialogues entre leurs pieds. Les sons tombaient, les chansons se suivaient, la tante fredonnait les airs célèbres. Fred faisait tourner Ginger en la soulevant délicatement de terre. Elle se dit qu'un jour elle apprendrait le langage des pieds et qu'elle ferait tant de bruit que même le père réussirait à l'entendre.

LA MÈRE

Sainte Thérèse de Lisieux

Une pluie de roses ! Elle leur avait promis rien de
moins qu'une pluie de roses ! Fallait-il croire la sainte ?
Catherine hésitait. Chaque année, durant la semaine de
Pâques, on repassait son histoire à la télévision. À la fin,
on la voyait mourir les yeux ouverts, fixant le vide.
Avant de connaître la vie de Thérèse, Catherine ne
savait pas qu'on mourait ainsi, les yeux ouverts. Mais sur
quoi ? La tante avait confirmé la chose. Elle avait elle-
même fermé les yeux de sa mère. Même Caroline, la plus
grande de ses poupées, qu'elle avait malgré tout fini par
dépasser, fermait les yeux automatiquement lorsqu'on
l'inclinait. Plus on la mettait à l'horizontale, plus ses
yeux se fermaient. Le mécanisme n'était pas aussi raffiné
que chez les humains mais, même par à-coups, il
fonctionnait. Terrifiée devant la dernière image du film,
elle avait tout de même eu le temps de noter qu'on mourait les yeux grands ouverts comme on ne les ouvrait
jamais auparavant. Il semblait y avoir là une ultime
révélation qu'il fallait se résigner à ne pas connaître
avant. Dans son entourage, seule Caroline se permettait

d'ouvrir en permanence d'aussi grands yeux sur le monde.

Couchée sur son lit, elle avait écarquillé les yeux. Son regard projeté vers le haut, elle sentait dans ses orbites les muscles tendus, une tension qui ne lui semblait pas incompatible avec celle d'un corps mort. On lui avait appris que les cheveux et les ongles continuaient à pousser pendant un certain temps. Elle éleva sa main gauche au-dessus de sa tête en essayant d'oublier que ce bras lui appartenait, la partie, elle s'en rendit compte rapidement, la plus difficile de l'exercice. Dans le film, la main d'une autre religieuse effleurait doucement le visage de la sainte. À ce moment-là, on lui avait déjà posé le crucifix sur la poitrine et un bouquet de ces roses qu'elle promettait de faire pleuvoir. Pétale par pétale. Délicatement, la main fermait les yeux en longeant le nez d'où ne s'échappait plus aucun souffle chaud. Ça semblait être la chose la plus naturelle au monde, et Catherine se demandait s'il y avait toujours quelqu'un sur place pour le faire. Une main, il suffisait d'une main bienveillante. Celle de n'importe qui ferait l'affaire. Le problème était qu'elle, elle devait se livrer à cette expérience seule, sans disposer d'aucune autre main que la sienne.

On voulait aussi lui faire croire que Thérèse était heureuse de quitter le monde, de s'en aller. Son père, de qui elle était la préférée, n'était sûrement pas de cet avis. Quant à elle, elle n'en serait persuadée que lorsqu'elle verrait la pluie de roses promise. Et si Thérèse n'avait pas voulu monter au ciel aussi vite, après tout ? Les muscles des yeux toujours tendus, elle opposait une vive résistance à la main qu'elle, elle tentait au contraire de laisser molle. La mise en scène du film ne tenait plus. Il aurait fallu tirer sur ses paupières récalcitrantes et elle n'était pas certaine que cela ne se passait pas exactement comme cela dans la réalité. À partir de son poignet, elle imprima à sa main une force nouvelle tout en maintenant celle de ses yeux. Elle ne mit que quelques secondes pour mesurer l'impasse dans laquelle elle se trouvait. Même dans la mort, il fallait être accompagnée. On avait besoin d'un autre corps pour mourir dans les règles de l'art. À côté d'elle, sur le couvre-lit en chenille blanc qui dessinait des motifs que depuis longtemps elle avait renoncé à déchiffrer et que la mère s'entêtait à réaligner plusieurs fois par jour, Caroline gisait, sur le côté, les yeux rivés sur un détail connu d'elle seule et à moitié ouverts comme sa bouche qui, elle, l'était en permanence. Quand Catherine se réveillait dans cette position, elle sentait une bave chaude qui coulait lentement. Caroline ne sécrétait rien. Elle la tourna quand même sur le dos de manière à ce qu'elle puisse respirer si jamais elle en avait besoin. De profil, elle voyait maintenant les yeux fermés de sa poupée. Les siens étaient toujours ouverts. Elle chercha au plafond ce qu'elle n'avait jamais réussi à voir sous elle. Rien. Il n'y avait rien que des cercles mal dessinés aux contours inégaux au centre desquels pendait le lustre. Elle fixa une ampoule intensément pendant quelques secondes, puis elle ferma les yeux. Sur fond noir, la lueur de l'ampoule était là, encore chaude. Elle s'étiolait rapidement cependant.

L'été, à la campagne, la mère faisait la sieste tous les après-midi. Catherine allait la rejoindre même si ce corps se refusait à elle jusque dans le sommeil. Allongée contre elle, sur une chenille bleue cette fois-ci, Catherine s'offrait des images spectaculaires en appuyant sur ses paupières. Les feux d'artifice se succédaient sans interruption. Catherine était fascinée par les couleurs et les motifs qui se formaient dans une suite logique qu'elle n'aurait jamais pu créer. Les particules bougeaient sans cesse, s'élevaient pour retomber dans des explosions toujours plus fortes. La mère dormait, il ne fallait pas la réveiller. Elle essayait de ne pas abuser de ce théâtre qu'elle ouvrait à volonté. Lorsqu'elle augmentait la pression, les couleurs devenaient encore plus éclatantes. Personne ne lui avait enseigné ce truc, elle l'avait découvert seule. Après une séance intensive, elle ne recouvrait pas tout de suite une vue normale. Le souffle de la mère s'était allongé, elle ronflotait. Peut-être y avait-il d'autres endroits sur son corps où il fallait ainsi peser doucement mais fermement ? Personne non plus ne l'avait mise en garde contre les excès d'un tel exercice, mais elle sentait qu'il ne fallait pas trop y avoir recours. S'il lui arrivait malheur, si elle devait perdre la vue, elle plaiderait l'innocence et surtout l'envie de voir des choses qu'on ne voyait même pas en rêve. Il ne s'agissait donc pas que de fermer les yeux pour y voir quelque chose. Elle trouva le corollaire de cette expérience : il fallait aussi les ouvrir bien grands et mieux valait le faire avant de mourir. Pour l'instant, elle ne voyait rien de particulier, et elle en avait assez de cette poupée idiote maintenant retombée sur elle et qui ne savait même pas baver.

Quand Thérèse, en entrant au couvent, s'allongeait sur la croix qu'elle couvrait de ses bras ouverts pour prononcer ses vœux, Catherine frissonnait au contact de ce T géant qu'elle imaginait de métal froid. Les crucifix des morts que la mère avait empilés dans un tiroir étaient tous froids. Catherine le savait pour les avoir effleurés du bout des doigts. La tête, la couronne d'épines, tout le corps de ce Jésus, jusqu'à ses pieds croisés l'un sur l'autre et cloués. Les roses de Thérèse seraient-elles sans épines ? Parfois on posait le crucifix sur les lèvres du mort, celui-là même qu'on lui avait glissé entre les mains. Catherine avait vu tante Yolande le faire à la mort du père. Elle savait aussi que le corps des morts était glacé. Les doigts l'étaient-ils autant que le crucifix ?

Avant de mourir, Thérèse avait, semblait-il, frotté toutes les marches du couvent, récuré les toilettes, lavé puis repassé tous les draps, sans compter le travail à la cuisine. À genoux, elle faisait la besogne à genoux, malgré les plis de sa tunique et son chapelet, avec une grosse brosse dont Catherine imaginait les poils très durs. Elle s'activait ainsi jusqu'au moment où elle crachait un sang qu'elle ne pouvait plus cacher. La bave de Catherine était blanche. Jamais elle n'avait taché sa taie d'oreiller. Elle aussi cependant l'aurait dissimulée en tentant de la laver avant que la mère ne s'en rende compte. La grand-mère qu'elle n'avait jamais connue, celle à qui la tante avait fermé les yeux, s'était mise à pisser le sang tout doucement avant sa mort. Les deux liquides ne devaient pas se mélanger. La tante avait dû la laver, changer les draps, lui donner à boire et à manger jusqu'au moment où elle lui avait fermé les yeux. Elle avait déjà eu des poupées qui se mouillaient mais il n'y avait aucun élément de surprise. L'eau qu'on leur donnait ressortait presque aussitôt par l'autre bout et on était prévenu. Caroline ne prétendait pas à cette vraisemblance. Catherine vérifia en glissant son doigt sur ses lèvres peintes. Il n'y avait pas de trou. Elle le savait.

La mère ne lui en demandait pas tant, aurait-elle rétorqué. Pas question de laver les planchers et la cuvette de la salle de bains. C'était sur le corps même de Catherine qu'elle cherchait des traces de saleté. Avant d'aller se confesser, la Sœur les faisait coucher sur leur pupitre tout en leur suggérant une liste de péchés

73

possibles. Jamais il n'était question d'être malpropre, de ne pas se laver suffisamment. Catherine optait donc pour la désobéissance. Un péché ne suffisant pas, elle ajoutait, en alternance, le fait d'avoir été impolie et le fait d'avoir raconté des mensonges. Peu lui importait que ce ne soit pas tout à fait vrai car dans un cas comme dans l'autre elle en avait eu envie.

Les plis du cou ! La mère insistait sur ce territoire où, mieux qu'ailleurs, s'incrustait la crasse. Thérèse avait une coiffe pour la protéger de ce genre d'inspection. Lorsqu'elle la voyait dans le film, elle ne pouvait se perdre dans les vagues de ces plis comme elle le faisait en classe avec Sœur Étiennette dont le costume la fascinait tout particulièrement. La jeune Sœur était grande et vive. Les plis de sa jupe n'en finissaient plus de tomber et ceux de son cou bougeaient dans tous les sens. Parfois même, elle glissait sa main le long de sa joue pour repousser des cheveux que Catherine ne réussissait jamais à voir. Tout près d'elle, quand elle allait lui demander une explication, elle regardait le tissu bâiller autour de son visage. Les ouvertures se refermaient trop rapidement pour qu'elle puisse voir quoi que ce soit d'autre que ces plis qui se tordaient et se détordaient, l'un entraînant l'autre. Parfois la Sœur glissait aussi sa main dans son cou pour ramener le tissu sur sa poitrine. Au-dessus de la guimpe, pour bien faire tenir le voile, certaines mettaient de petites épingles droites. Ces plis-là, on pouvait mieux les maîtriser et exiger de toutes qu'ils soient uniformes. Même ceux-là n'étaient pas aussi rigides chez Sœur Étiennette. Catherine l'imaginait se lever en retard, incapable de garder le contrôle sur tous les plis dont elle devait entourer son corps. Elle aurait voulu démonter le mécanisme, juste une fois, pour vérifier l'ordre dans lequel la Sœur se couvrait ainsi.

Catherine avait une blouse blanche pour chaque jour de la semaine. La mère était catégorique sur ce point. Elle lui montrait la marque sur le col pour justifier cette cadence. Catherine n'osait jamais regarder dans les plis des poignets de ses blouses à la fin de la journée. Elle se contentait de faire glisser les boutons de manchette. Elle préférait d'ailleurs les ôter que de les mettre alors qu'il lui fallait aligner les espaces de même grandeur dans quatre épaisseurs de tissu.

Elle allongea le cou et gratta la peau doucement. Elle savait qu'en grattant fort elle remplirait son ongle et elle ne voulait pas donner raison à la mère. Elle mouilla de salive la jointure de son index. Une humidité réconfortante s'exhalait de cette peau plissée à dessein. Elle bougea le doigt. La peau se pliait et se dépliait. Le mécanisme lui semblait si naturel qu'elle en éprouva une grande consolation. Toujours avec sa jointure elle ramassa le liquide qui s'était accumulé aux commissures de ses lèvres. Elle entreprit de faire bouger son doigt juste en dessous de ses narines. Elle trouva que sa peau sentait bon et ferma les yeux.

Après son opération, la mère avait reposé pendant de longs mois dans une chambre où il était interdit à Catherine d'entrer. Quand la tante se faufilait dans la pièce sombre, elle distinguait une lumière qui émanait d'une Vierge de plâtre, un halo lourd qui stagnait à quelques centimètres de cette femme éplorée. Quand elle put l'examiner à loisir, elle se mit à compter les plis de son voile que l'on avait fixés une fois pour toutes. Autour de la figure de la Vierge, rien ne bougerait jamais. Certains d'entre eux avaient été à peine esquissés. Catherine ne savait pas si elle devait tenir compte de ceux qui disparaissaient avant d'arriver au plastron. La Vierge, qui savait tout de ces mois où elle avait perdu la mère, accepterait peut-être un jour de lui livrer ses secrets au prix d'un examen minutieux. Mais lorsqu'elle voyait la plaie sur le corps de la mère, il lui arrivait aussi de se moquer de la Vierge. En lieu et place du sein, il n'y avait plus qu'un large trait rouge, sinueux qui, avec les côtes, évoquait une voie ferrée cahoteuse. Jamais elle n'aurait pu glisser son doigt entre les côtes ainsi mises à nu, elle lui aurait fait trop mal. Ces jours-là, elle y allait rondement sur le buste de la Vierge en ne tenant compte que des gros plis, ceux que l'on pouvait suivre sans équivoque. Selon les jours, elle oscillait ainsi entre différents résultats. Les chiffres étaient parfois pairs ou impairs. Elle les préférait lorsqu'on pouvait les diviser par deux sans qu'ils laissent de traces derrière eux et il lui arrivait de changer ses calculs quand, à la fin d'une inspection, elle voyait qu'elle serait confrontée à un chiffre impair. Elle passait alors d'un système à l'autre, faisant fi de plis qu'elle avait pourtant décidé de dénombrer minutieusement ou, au contraire, repérant la naissance d'une courbe qu'elle aurait, en d'autres temps, ignorée. Elle était née dans un de ces mois au chiffre pair qui lui semblait tellement plus rassurant, un mois qui se laissait caresser dans un creux doux : elle faisait le trajet régulièrement sur ses jointures pour s'en assurer. Le plâtre translucide de la Vierge, lui, était rugueux. Ce contact lui avait causé une vive déception. La chaleur de l'ampoule réussissait peut-être à l'adoucir. Jamais elle n'aurait pris cette initiative. Elle ne voulait plus voir la mère disparaître ainsi. Jamais non plus elle ne connaîtrait la quantité exacte des plis du cou de Sœur Étiennette. Dans le film, Thérèse bougeait sans arrêt. Il lui faudrait trouver une image pour se livrer à la même opération sur la petite sainte. Le chiffre serait pair. Catherine en avait la certitude. Thérèse ne pouvait la décevoir à ce point.

La peau de Caroline ne sentait rien et ses doigts ne pliaient pas. Elle l'avait replacée sur le dos à l'autre bout du lit de manière qu'elle puisse bouger sans entraîner sa poupée avec elle. D'un regard oblique elle s'assura que les yeux étaient fermés : les cils de Caroline touchaient l'orbite de son œil, juste en dessous d'un sourcil qu'il avait fallu dessiner. Tante Yolande traçait une ligne semblable après avoir mouillé un crayon sur le bout de sa langue en semblant suivre une courbe qu'elle seule connaissait. Catherine l'avait pourtant examinée, il n'y avait rien de visible. La ligne rouge qui s'allongeait sur le corps de la mère n'avait rien d'un tracé clair, évident. Rien à voir avec le T sur lequel s'étendait Thérèse, une lettre sur laquelle il semblait bon reposer, une lettre à laquelle on pouvait faire confiance. Catherine aurait mieux compris si elle avait pu en trouver une sur la poitrine de la mère. Il n'y avait rien à comprendre. La ligne se perdait tout bêtement sous l'aisselle où l'on semblait avoir furieusement gratté la peau.

Lorsqu'il arrivait à la mère de tousser, presque aussi fort que Thérèse, la tante confectionnait une mouche de moutarde. Depuis son opération, on ne pouvait plus traiter la mère de cette manière. Plus rien ne protégeait sa cage thoracique. Catherine aimait pourtant sentir l'odeur qui s'exhalait de cette pâte jaune. La tante conti-nuait à en appliquer sur son propre corps. Catherine, elle, était trop petite, la peau aurait pu brûler. Lorsqu'elle sentait du feu à l'intérieur de ses poumons, la tante étendait du Vicks et l'enroulait dans un foulard de laine. Après chaque lavage, Catherine vérifiait : la mère avait réussi à en chasser l'odeur. Parfois la tante étalait un emplâtre contre ses reins, un rectangle blanc qu'elle gar-dait pendant plusieurs jours. Depuis peu, la mère avait glissé un sein mou et gélatineux dans son soutien-gorge.

Pour ne pas devoir le fixer chaque jour, elle l'avait accroché à l'aide d'épingles à ressort. Sous sa tunique, Thérèse cachait elle aussi des appareils étranges. Que découvrirait-elle sous la robe de Sœur Étiennette ? Dans tous ses plis, la Sœur savait pourtant extraire son mouchoir au moment opportun. Catherine ne l'avait jamais vue hésiter. La main glissait au bon endroit pour trouver la fente. Il arrivait à Catherine d'éternuer dans ses mains. Par la suite, elle s'essuyait discrètement sur sa blouse. Jamais la mère n'avait fait mention de ces traces. Elle tira violemment Caroline vers elle. Sous sa robe, la peau était lisse, ferme. Aucun endroit où fouiller. Pendant toute l'inspection, elle avait gardé les yeux fermés, Catherine n'avait pas relâché sa surveillance de ce côté.

Elle entendait la mère s'affairer dans la cuisine. L'odeur du poisson se rendait jusqu'à elle. Caroline ne sentait rien. Déçue par ses recherches, elle avait lancé la poupée qui était retombée de profil, la jupe de sa robe relevée. On avait dessiné ses fesses avec un seul sillon. Au bout de la ligne courbe on ne s'était pas donné la peine d'ajouter les deux trous qu'elle, elle sentait sur son corps. Elle les avait souvent examinés dans le miroir. Le triangle circonscrivait une sorte de mou qu'elle ne touchait jamais sans suspendre sa respiration. Elle entendait l'huile frire dans la poêle. La mère devait avoir tourné le filet de sole dans la farine. On ne verrait plus l'arête foncée partager la chair blanche, translucide elle aussi. Elle revit le T sur lequel s'allongeait Thérèse. La surface du lit était assez grande pour qu'elle puisse s'étendre les bras en croix. Rien ne dépasserait. Aucune extrémité. Mais aucun T géant n'était inscrit sur le couvre-lit. Bien au contraire, les pointes de la chenille formaient des ronds un peu partout. Inutile d'essayer de tracer un T parmi tous ces courants circulaires. Si seulement elle pouvait trouver un espace pour reproduire de manière convaincante le geste de Thérèse. Elle avait déjà vérifié plusieurs fois : le film passerait ce soir et elle mourait d'envie de la voir accomplir certains gestes, revoir les couloirs sombres, entendre les portes du parloir s'ouvrir, mais elle savait qu'elle ne pourrait supporter ces yeux grands ouverts à la fin sur lesquels on faisait pleuvoir les fameuses roses. Elle savait aussi qu'elle ne pouvait regarder tout le film et se dérober au moment de l'image finale. Caroline, elle, n'aurait pas baissé les yeux. Elle accourut dans la cuisine et voulut se précipiter dans les bras de la mère. Mais il y avait l'huile sur le feu, la mère lui criait déjà de ne pas approcher. Elle se réfugia dans un coin, entre le comptoir et le calorifère tiède. Dans le creux de ce V chaud, le dos labouré par les tiges, elle éclata en sanglots.

Sioudi

Une fois par mois, la mère de Catherine décidait d'aller magasiner. Ces jours-là, la petite fille savait qu'elle se trouverait au cœur d'un grand remous. L'excitation de la mère était grande. Elle devait être à la hauteur : la suivre sans se plaindre en trottinant derrière elle. La mère examinait la marchandise rapidement. Rien qu'en l'effleurant, elle évaluait la qualité des tissus, distinguait le beau du reste. Elle connaissait les étiquettes. Sa manière de passer à travers les rayons fascinait Catherine. Elle, elle n'avait le temps de rien voir. Comme une tornade, la mère se frayait un chemin. Catherine avait beau être vigilante, elle avait toujours peur de la perdre. Souvent elle s'était demandé ce qui lui arriverait si elle relâchait sa surveillance ? Où aurait-elle abouti ? Entendrait-on résonner son nom bien claire-ment dans tout Morgan ?

L'expédition commençait toujours par ce grand magasin. Logique pour des gens qui habitaient l'est de la ville. La mère procédait d'une manière systématique. En fait, Catherine sentait bien qu'elles faisaient toujours le même chemin, qu'elles prenaient toujours les mêmes escaliers. Parfois, elle reconnaissait une fontaine à côté d'une porte d'ascenseur. Au quatrième étage, qu'elles atteignaient après avoir passé en revue les sacs à main — un de plus dans la collection — et les vêtements pour dames : manteaux, chandails, jupes, tout sauf la lingerie — jamais la mère n'achetait de lingerie avec elle (s'y rendait-elle seule, en cachette, pour se procurer le sein artificiel ?) —, elles arrivaient finalement au rayon des enfants. Quelques années plus tard, Catherine fréquen-terait avec honte le coin des adolescents avec les repro-ductions fadasses, les fausses couleurs et les mannequins plus laids que partout ailleurs. Au quatrième étage donc, Catherine se permettait quelques gorgées d'eau, sur la pointe des pieds. « Vittte, dépêche-toi », s'exclamait la mère en allongeant le mot malgré sa hâte, prête à aller conquérir le Royaume-des-tout-petits. On passait à côté des chaussures. Catherine ne leur jetait même pas un regard. La mère achetait les siennes dans les petites bou-tiques d'importation italienne.

Mais à ce moment-là elles étaient presque arrivées chez Simpson et il y avait eu le fish'n chips. En essuyant les gouttes qui lui tombaient du menton, elle courait pour la rejoindre. La mère jaugeait déjà les coutures, les coloris, les modèles. Elle était fière. Catherine découvrirait que toute une génération d'enfants avait été élevée dans la crainte de se trouver un jour à l'hôpital avec une vilaine tache sur ses petites culottes. Il fallait être propre devant la maladie.

Fernande, Aline, toutes le disaient : la mère était une femme de goût. Ses combinaisons de couleurs étaient toujours réussies. Et puis, elle ne lésinait pas. Catherine tenait de la mère que la qualité se payait. Pour cela, toutes les semaines après la mort de son mari, elle mettait de l'argent dans des enveloppes. « ÉLECTRICITÉ », « CHAUFFAGE », « ÉCOLE DE CATHERINE », les enveloppes se suivaient pêle-mêle, entourée chacune d'un gros élastique brun. Parmi elles, l'enveloppe « LINGE ». La mère indiquait à droite, en petit, le montant à verser hebdomadairement. Catherine assistait à ce rituel tous les samedis soir après la fermeture du commerce. Elle y participait même. « Donne-moi quinze piasses. » Facile, trois billets bleus. « Donne-moi soixante piasses. » Cette fois, il fallait bien compter, ne pas faire d'erreur. La mère recomptait et approuvait. Deux fois, qu'elle comptait. « ÉCOLE DE CATHERINE », Là encore il fallait être à la hauteur. N'en aurait-elle pas été convaincue, les Sœurs étaient là pour le lui rappeler. Après avoir rempli toutes les enveloppes, seulement après, la mère comptait ce qui restait. Pas question de s'emparer à l'avance de tout cet argent. Catherine alignait les têtes de la reine. Les billets verts puis les orange. Elle ne connaissait pas les autres mais elle les alignait de la même manière. Après avoir tout rangé dans la boîte de métal, la mère remontait la toile de la cuisine d'un coup de poignet. Un geste impeccable. Catherine, elle, devait s'y reprendre à plusieurs fois pour obtenir le même résultat. Avec le même mouvement du poignet, elle passait les vêtements en revue, les faisant glisser à toute allure sur la tige.

La mère s'entichait toujours de quelque nouveauté. Elles sortaient du Royaume avec de nombreux paquets en plus. Catherine portait alors les siens. Jamais la mère ne lui aurait confié ses propres achats. La voix grésillait : « André Lozeau, AN-DRÉ-LO-ZO est prié de se rapporter à une vendeuse du magasin. » Catherine respirait à peine, elle attendait la suite des événements. Elle imaginait le pauvre André Lozeau pleurant, paralysé dans un coin, ou encore incapable d'entendre, étouffé, enseveli sous une pile de manteaux qu'il aurait fait tomber en s'amusant à sentir les doublures de soie, un plaisir qu'elle s'interdisait pour cette raison même. An-dré Lo-zeau, elle avait bien compris le nom. Elle le répétait à voix basse. Entendrait-on son nom aussi bien ? Et puis la mère aurait eu le temps de quitter le magasin, de se rendre chez Eaton avant de s'apercevoir qu'elle n'était pas là. De toute manière, la mère penserait-elle à aller donner son nom à une vendeuse ? Elle aurait aimé que la mère lui donne des directives pour le cas où elle se perdrait. Elle n'avait jamais osé aborder le sujet avec elle. Ç'aurait été avouer que son rythme ne lui convenait pas toujours. « Viens, arrivvve, on s'en va ! » Catherine était prête, toujours prête. Elle savait qu'elle n'allait pas là pour voir des choses, mais pour suivre la mère, en tout cas essayer de la suivre. Pour l'avoir à elle toute seule. Elle savait qu'à ce moment-là elle se transformait en grande aventurière...

Au pire, elle se disait qu'elle s'approcherait d'un comptoir et expliquerait à la dame qu'elle voulait retourner chez elle SI-OU-DI, parole magique qu'utilisait la mère pour faire envoyer de gros paquets, sans avoir à payer quoi que ce soit. SI-OU-DI. Une langue étrangère ? Pas la première fois qu'elle ne comprenait pas les mots des adultes. Il fallait en prendre son parti. Elle s'était contentée d'apprendre la formule. Munie de ce passe-partout, elle arriverait rue Mont-Royal dans un gros camion bleu marine avec un carré rouge au centre. On sonnerait à la porte et elle espérait que la mère la recevrait avec la même joie que les gros paquets qu'elle faisait transporter. SI-OU-DI. Surtout ne pas l'oublier. Cette idée la rassurait pendant quelques minutes. Au pire, il fallait se préparer au pire. Les culottes propres pour l'hôpital. SI-OU-DI pour les sorties de magasinage. Prête. Ouf ! Quand même pas une raison pour quitter la mère d'une semelle. Ce Royaume-des-tout-petits était en fait la dernière station chez Morgan, et Catherine savait qu'avant de se diriger vers Eaton il lui faudrait traverser l'épreuve des toilettes. Là, elle devrait se séparer de la mère.

L'endroit était sinistre. Les murs verts, sales et écaillés, suintaient, et puis, ce qui terrorisait Catherine plus que tout, les fenêtres étaient grillagées. À croire qu'on ne pensait qu'à se sauver une fois qu'on y était. Avant d'arriver au cabinet, il fallait passer à travers un écran de fumée. Les cigarettes blanches pleines de rouge à lèvres débordaient des gros cendriers. Cela n'empêchait pas les femmes qui se trouvaient devant les miroirs d'appliquer méticuleusement la couleur. Les cliquetis des bâtons que l'on ouvre et que l'on ferme. La mère avait de petites lèvres minces, elle ne pouvait étendre son rouge avec la volupté des femmes aux grosses lèvres. Invariablement l'opération se terminait par un frottement vers l'intérieur, mouvement destiné à répartir la couleur le plus uniformément possible. Les plus généreuses ôtaient le surplus avec un kleenex. Devant ce miroir, il arrivait souvent que ces inconnues se parlent. Catherine pouvait les examiner à loisir, la plupart du temps il fallait attendre. La mère la faisait passer devant elle. Quand la porte s'ouvrait, elle n'avait pas le choix, il fallait y aller. À son âge, plus question d'être accompagnée. Catherine fermait la porte. Il faisait presque noir. Elle retenait son souffle. Elle attendait juste assez pour rendre vraisemblable le fait qu'elle se soit soulagée. Pour mieux mesurer le temps, elle allait parfois jusqu'à baisser ses petites culottes, s'asseoir, se relever aussitôt comme si le feu s'était déclaré. L'angoisse avait pris le dessus, elle devait sortir. Dans le tumulte des chasses d'eau, elle n'oubliait pas de faire entendre la sienne. Voilà, elle avait tout fait pour faire semblant. Le seul problème était qu'elle avait encore envie. Mais elle se savait capable d'attendre jusque vers quatre heures, l'heure à laquelle elles rentreraient. Au rythme où elle procédait, il était rare qu'elle ne sorte pas avant la mère. Elle préférait que ce soit elle qui l'attende plutôt que le contraire. La mère n'était plus elle-même dans ces grands magasins. SI-OU-DI. Catherine avait même trouvé un air intéressant pour le chantonner, une de ses grandes spécialités. La mère ne s'étonnait jamais de la rapidité de sa fille. Devant le miroir, elle faisait rouler ses lèvres plusieurs fois. Probable que les siennes étaient trop minces. En compagnie de la mère, Catherine ignorait les autres femmes, celles aux grosses babines, qui accomplissaient le travail d'un seul coup. Elle avait hérité des lèvres plus charnues du père, elle en était très fière, mais elle ne voulait pas souligner à la mère son infirmité. Mais où donc achetait-elle son sein artificiel, celui qu'elle lançait avec désinvolture sur la table de la cuisine le soir en revenant de travailler ? Quand elle aurait l'âge de minauder ainsi, de combien de mouvements aurait-elle besoin ? Après les chasses d'eau, tous ces glissements métalliques plus ou moins feutrés. L'univers des femmes était rempli de ces bruits doux. Mais il y avait le clic final, celui du sac à main de la mère. Elle le reconnaissait entre tous. « Viens-ttt'en. » Toujours l'impatience dans la voix. SI-OU-DI, SI-OU-DI, chantonnait gaiement Catherine dans sa tête. Un air victorieux. Elle courait rejoindre la mère qui passait déjà le seuil de la porte. Elle avait dit « Viens-ttt'en. » Son travail était fait. Dégagée de ses responsabilités, elle repartait dans les magasins. Catherine n'avait qu'à suivre, elle le savait. Tellement fière d'avoir vaincu l'obstacle, elle se permettait de chanter tout haut le terrible SI-OU-DI. Elle avait toujours envie mais elle ne le sentait plus, et puis elle avait plusieurs minutes de répit en perspective. L'heure du dîner avait sonné.

En redescendant, entre le cinquième et le quatrième étage, il y avait un détour à faire pour rejoindre l'escalier roulant. Une grosse flèche brune dessinée sur le sol. Catherine était contente qu'on indique le trajet aussi grossièrement. Elle précédait la mère sur cette ligne épaisse. Trente secondes dans la journée où elle pouvait le faire sans appréhension. Trente secondes bénies où elle était certaine que la mère la suivait, elle, qui n'avait que sept ans. La mère n'avait pas le choix, la flèche brune, formant un S, était assez large pour les pas d'une adulte. Victoire. SI-OU-DI devenait une véritable danse de libération. Parfois Catherine courait l'attendre au bout de la flèche, tellement certaine de l'y retrouver. Cette voie triomphale était située à l'arrière du magasin. Il arrivait que, contre toute attente, la mère se dirige vers les escaliers situés à l'avant. Mais c'était qu'alors on n'était pas allées aux toilettes. Partie nulle. En descendant, on passait devant les draps, la vaisselle, les valises... autant d'articles boudés par la mère. Dans les escaliers, il y avait des colonnes entières faites de miroirs. Devant l'une d'elles, la mère y allait parfois d'un ultime roulement de lèvres. Catherine était gênée pour elle. À la face de tout le monde, étaler ainsi son infirmité. Les murs sales étaient un témoin bien suffisant. Que n'avait-elle fini le travail dans les toilettes. Les miroirs étaient là pour qu'on capture son reflet à la sauvette. Pas question de plonger dedans, d'étirer le cou dans toutes les directions. Avvvant, appprès, comme si l'on pouvait saisir ce qui ne nous appartenait pas. Catherine lui parlait alors, lui disait n'importe quoi uniquement pour lui rendre service, histoire de l'arracher à ces foutus miroirs.

À l'heure où elles arrivaient chez Woolworth, il fallait se poster derrière les petites chaises tournantes et attendre son tour. Jamais il n'était question d'aller ailleurs. Et puis ce n'était pas vraiment long si l'on savait repérer les clientes qui en étaient au café. La serveuse apportait l'addition en vitesse avec le café. Catherine aimait être assise sur le côté du U. De là elle voyait la vaisselle s'empiler rapidement dans les bacs. Personne, sauf elle, ne semblait se soucier de toute cette saleté. La mère adressait un vague bonjour à la serveuse. Il semblait qu'elles se reconnaissaient. C'était pourtant elle qui commandait toujours un fish'n chips, elle qui était fidèle. Personne ne s'en souvenait, à commencer par la mère qui lui demandait toujours ce qu'elle désirait prendre devant la serveuse. « Qu'est-ce que tu prends, Catherine ? Hein ? As-tu choisi ? » Sa voix... Dieu qu'elle détestait sa voix dans ces moments-là. Plus douce, comme si... plus rien à voir avec les « Viens-ttt'en » de la journée. À quoi jouait-on ? Elle voulait bien suivre mais sans que l'on se moque d'elle tout de même. Mais bon, le poisson, bien sûr. Et puis surtout, surtout, la crème de choux crémeuse. Enfin pas besoin de le spécifier. Elle était toujours là, avec le petit pain et les patates pilées. « Sans mottons ! » avait-elle envie de crier à la mère.

Au moment d'attaquer, de plonger dans la tarte au coconut qui suivit, monstrueusement épaisse, Catherine vérifiait bien afin de ne pas hériter du morceau en montre qu'elle imaginait plein de poussière comme les fruits en plastique au centre de la table de la cuisine, elle s'inquiétait des paquets posés à ses pieds. La mère lui en avait confié une partie. Pas juste. Ses pieds à elle se balançaient dans le vide. Elle ne pouvait rien protéger. On aurait pu tout retirer et elle n'aurait rien senti. Facile pour la mère avec ses longues jambes de rêvasser paresseusement, de tirer sur sa cigarette en sortant son petit bout de langue. Et puis zut ! il lui faudrait recommencer l'opération rouge à lèvres. Jamais fini, ce truc-là ! Heureusement, les toilettes du restaurant n'étaient pas aussi fréquentées. Après le café — la mère en prenait un pour la forme, elle ne le terminait jamais, comme la cigarette —, elle entendait le ZIP de la facture. Des signes, des barbeaux, des chiffres. La mère ne lésinait pas sur le pourboire. Elle s'était sortie d'une sale dépression en allant travailler au restaurant de la rue Mont-Royal en face de chez elle. Mais où donc achetait-elle ce sein gélatineux, mou ? Elle n'avait travaillé que pendant les heures du midi. Catherine avait alors connu une mère joviale après six mois passés devant le pâle reflet de la Vierge Marie dans le noir de sa chambre… Elle fumait, le petit bout de langue sortie. Pourquoi, mon dieu, fumait-elle en expulsant la fumée d'un tour de mâchoire complet ? À cette époque, la mère comptait amoureusement ses pourboires en mettant les pièces américaines de côté. Aujourd'hui, elle procurait le même plaisir à d'autres femmes. C'était peut-être pour cela que les serveuses la reconnaissaient après tout : elles savaient qu'elles seraient bien traitées. La mère avait toujours apprécié l'efficacité et on ne pouvait survivre chez Woolworth à moins de cela. Elle pouvait en tout cas juger si le travail était bien fait et elle le récompensait. Même chose dans les taxis qu'elles prenaient pour le retour. Toujours un pourboire généreux, même si la mère était terrorisée. Une sorte de handicap, cette peur en voiture. Catherine était fière de lire dans les yeux de tous ces gens le respect qu'ils avaient pour la mère.

La serveuse était partie en emportant l'argent. « T'en viens-tttu ? As-tttu fini ? » La voix redevenait normale. Elle n'avait pas vraiment le choix. « Y'a du monde qui attend ! » précisait la mère. Catherine sautait sur le plancher. « Oublie rien !… » De l'autre côté, une petite fille plus jeune se permettait de faire des bulles avec sa paille dans son verre à Coke. L'envie et le mépris se succédaient sur le visage de Catherine. SI-OU-DI, SI-OU-DI. Ce jour-là, elles étaient assises à l'avant du magasin, tout près des cosmétiques. Dans leur dos, des milliers de rouges à lèvres alignés sagement. Catherine espérait que la mère n'en souffre pas trop. Celle-ci, le pouce bien appuyé, ôta un morceau de coconut au coin de la bouche de Catherine, tira sur sa blouse et remonta une mèche de cheveux pour le principe. Elles étaient prêtes. Sourires furtifs, complices, échangés avec celles qui les suivaient. Catherine se souvint désagréablement de la chaleur qu'elle avait elle-même sentie en prenant place sur le banc. Pouah !

L'heure des comptes à payer était arrivée. « ÉLEC-TRICITÉ », « LINGE », « VACANCES », il fallait bien les prévoir pour tout le monde, « ASSURANCES »,

« ÉCOLE DE CATHERINE », quand la facture arrivait, il en restait même pour acheter un cadeau à la Sœur. Eaton, huitième étage. En échange de tout son argent, la mère recevait un beau tampon. Il y aurait aussi celui de Simpson... et puis le taxi, elles en avaient plein les bras, et puis les toilettes. Délivrance ! SI-OU-DI, SI-OU-DI, martelait entre ses dents son besoin pressant.

En sortant rue Metcalfe, la mère ne héla pas de taxi. « Viens-t'en », lança-t-elle en direction de Catherine. « Où ça, où ça maman ? — Viens ! Tu vas voir... » La mère était joyeuse. Elles s'engouffrèrent dans des portes tournantes, un grand vent tiède les enveloppa. Catherine suivait la mère sous terre. Celle-ci était maintenant carrément rieuse, courait presque. Quand le métro arriva, bleu, rutilant, les portes s'ouvrirent toutes seules. La mère n'hésita pas une seconde. « Viens, viens. On embarque ! » Sur la cuirette noire elles s'assirent dans le sens du mouvement comme si elles avaient toujours voyagé ensemble. Catherine essaya d'ajuster son SI-OU-DI à la petite musique du gros ver bleu qui s'enfonçait dans le tunnel.

Monopoly

« Quat'cents pour le Boardwalk ! » Ça, elle le savait. Le plus cher de tous. Le plus gros loyer aussi. La pièce de choix. Ses cousins se l'arrachaient. Catherine avait compris qu'il fallait toujours garder de l'argent pour pouvoir l'acheter. Toujours calculer, malgré les caprices des dés. Réal était trésorier.

« L'achètes-tu ? » Lorsque la voix était désinvolte, Catherine achetait car elle savait alors que ça l'emmerdait.

« L'achètes-tu ? » insistait Réal. Jusqu'au bleu qui était plus foncé. Dans sa boîte de réglettes la couleur correspondait au 9. L'orange valait plus. Le plus. Il y avait toujours « le plus » partout. En fait, elle, elle leur aurait bien à tous donné la couleur du 4, une sorte de rose-mauve agréable. Le 1 était minable, même pas peint, un petit cube pâlot, fadasse. Le noir valait... Elle avait peur du noir. Heureusement, il n'y avait pas de terrains noirs.

« L'achètes-tu ? » répétait Réal pour la troisième fois. Jamais il ne se serait obstiné de cette manière avec le Boardwalk.

« Cent quarante piasses... Qu'essse tu fais ? » Catherine se doutait que son cousin se fichait éperdument de l'avenue de la Baltique, mais elle aimait bien les déranger avec ces petits loyers de deux et quatre dollars.

« Je l'achète ! » La transaction était si peu importante que Guy avait déjà lancé les dés. Un terrain de fille !

* * *

À Atlantic City, le Boardwalk appartenait à tout le monde. Pas besoin de rien payer. Tous les soirs on s'y promenait avant de retourner à la chambre d'hôtel. Cet été-là, comme tous les autres, elle habitait l'avenue Tennessee. Rien d'orange nulle part, elle avait cherché partout. Sur cette planche grandeur nature, il n'y avait plus de couleurs. Que le bleu des piscines des motels chic et la vaste étendue de la mer. La chambre sentait l'humidité comme celle de l'an dernier. La grosse négresse qui circulait sur les étages était perdue, noyée dans la blancheur des draps qu'elle soulevait avec nonchalance. Les jours où elle ne faisait pas son travail on sentait les grains de sable vous mordre la peau. Bon de s'y frotter. Et puis cela donnait un répit à cette pauvre femme qui tous les jours de sa vie devait lutter contre le sable. On venait de si loin pour s'y enfoncer les pieds, rien d'inconvenant à en traîner un peu jusque dans son lit. Ils avaient voyagé la nuit. La chaise pliante de la mère avait nécessité un réaménagement complet des bagages dans le coffre. Cinq cents milles à parcourir. L'aller et le retour : mille... Mille milles ! C'était comme cela qu'on disait. Catherine se débattait dans sa tête avec ces sons pareils pour finalement capituler. Elle aurait voulu voir tourner le chiffre sur le cadran de l'automobile, assister au millième tour *de visu*.

* * *

Au début de chaque partie, Réal distribuait deux mille cinq cents dollars. Deux beaux billets orange foncé. Ça faisait déjà mille. Mille dollars. En garder un. Au cas où. Le Boardwalk ! Contrairement à ses cousins, elle ne manifestait pas ouvertement son intérêt pour le terrain. Elle essayait même d'inventer un scénario où elle le refuserait avec hauteur. Guy et elle étalaient leur argent bien sagement sous la planche. Réal et Christian n'en faisaient qu'un paquet en mélangeant tout. Plus de couleurs pour se repérer. Le prix à payer pour mystifier les autres. Elle tentait parfois de glisser le fameux billet de cinq cents presque complètement sous le carton du jeu. Surtout ne pas l'oublier. On était encore dans la frénésie des acquisitions. Dans les derniers tours, elle avait acheté un chemin de fer, l'ampoule, et était allée deux fois en prison. Cent dollars ! Elle avait ménagé ses billets de cinquante d'un si beau bleu pâle. Elle avait payé en monnaie verte, jaune, rose, blanche. Catherine aurait bien aimé qu'il y ait de la vraie monnaie. CHANCE ? Taxe scolaire : cent cinquante dollars. C'était toujours elle qui héritait de l'étudiant aux grosses lunettes à l'air niais. Mais puisque ses parents payaient pour l'envoyer à l'école, il était peut-être normal qu'elle doive le faire à son tour.

* * *

Quand il fallait rejoindre le père, la mère remplissait tout un porte-monnaie de petites pièces. Après souper, dans la soirée, elles se rendaient sur le Boardwalk dans une cabine téléphonique. Les planches de bois étaient encore chaudes. Les mêmes planches de bois sur lesquelles roulaient les trains à la campagne, celles sur lesquelles elle sautait pour ne pas se retrouver chez le diable. Assise sur un banc, dans une de ces cages de verre, la mère enfilait les pièces les unes à la suite des autres, prestement. La téléphoniste lui donnait les directives. La machine engloutissait tout, sorte d'estomac sans fond.

« Ça sonne… » avertissait la mère.

« Frank ? » Le père était là, à l'autre bout du fil. Catherine trépignait. La mère l'informait du temps qu'il faisait. Pendant qu'elle lui parlait, il lui arrivait de devoir glisser d'autres pièces.

« Yes, yes ! » La mère avait presque fini son cours commercial. Frank aussi se débrouillait. Parfois on entendait même l'argent passer pendant que la personne vous parlait.

« Ah oui, y fait chaud !... » Ces soirs-là, elles allaient vider le restant du porte-monnaie dans les kiosques de jeu. La mère gardait le même chiffre plusieurs tours de suite. Elle ne s'avouait pas vaincue facilement. La roulette craquait de tous ses feux, les lumières clignotaient, l'homme au tablier bourré d'argent parlait fort, criait les numéros. La flèche finissait par en indiquer un, souvent assez mollement. Dieu que Catherine détestait l'hésitation des derniers instants. La mère mêlait sa déception à celle des autres. Le charabia du monsieur reprenait. La mère misait et repartait le cœur léger d'avoir perdu. L'année du gros tigre, Catherine avait dû faire le voyage de retour coincée sur le banc arrière, les pattes du félin sur ses épaules.

Le dernier été où elles se retrouvèrent rue Tennessee, après la mort du père, la mère avait oublié de prendre les sandales de plastique de Catherine. Le lendemain elles en achetèrent dans une pharmacie. La petite fille choisit les bleues. Elle en voulait à la mère de devoir recommencer ainsi à zéro. Ses pieds étaient bien marqués dans la paire de jaunes qu'elle avait à la maison. On voyait les orteils et les talons étaient enfoncés vers l'extérieur, il avait déjà été question de lui faire porter des semelles correctrices. Au lieu de quoi, elle entendait maintenant retentir à chaque pas le claquement sec de ce plastique neuf. Au début, on sentait toujours un peu la tige entre le gros orteil et l'autre, puis on l'oubliait. Ils s'agrippaient sans qu'on ait à y penser. Elle savait que le plastique deviendrait plus mince, plus dur, lisse, tout doux, jusqu'à ce que la couleur se fasse voir par l'autre côté. Avec ses sandales jaunes, elle aurait presque pu sentir la chaleur de l'asphalte, et glisser l'intérieur de son pied jusqu'à frôler le bois des planches du Boardwallk. Elle était sur le point de voir la couleur apparaître dans le creux de son talon et rien n'excitait tant Catherine. Un mois ne suffirait pas pour que perce le bleu de celles qu'elle venait d'enfiler.

Chaque jour, elles allaient à la plage. Toutes les rues débouchaient sur cette vaste étendue de sable. Lorsqu'on passait par le Boardwalk, il y avait le magasin de fudge à droite. La mère en achetait toujours. À gauche, un peu plus loin, on voyait tourner une énorme poupée en forme d'arachide. L'odeur vous poursuivait jusque dans le parc d'attractions qui avançait au-dessus de la mer, juste devant le Mr. Planters. C'était là qu'elles étaient allées voir une femme sauter à cheval dans une petite piscine. Catherine n'avait cessé de se répéter qu'en dessous, juste en dessous, il y avait la mer ! Une fois le cheval sorti du bassin, on lui avait donné un morceau de sucre. La dame, elle, avait enfilé un peignoir puis avait ôté son casque de bain en secouant ses longs cheveux. Quand on décidait de passer par le dessous, il fallait s'engager dans un petit tunnel suintant. Il y en avait un au bout de chaque rue. Le sable commençait toujours un peu avant qu'on en sorte. Après, seulement après, Catherine ôtait ses sandales. Dès le début, on savait qu'on ne pourrait jamais mesurer la profondeur du sable. La mer, elle, vous donnait un tout petit répit. On pouvait avancer d'abord doucement sans être submergé. Le soir, on l'entendait se briser sur les pilotis vermoulus du parc d'attractions et, malgré la pénombre, on distinguait l'écume.

Elles s'installaient toujours relativement près du bord. La mère ouvrait le parasol, sorte de reproduction gigantesque de ceux en papier qu'elle trouvait sur les sandwiches qu'elle demandait au petit restaurant qui jouxtait l'hôtel. Sous la toile, la mère posait la couverture sur laquelle elle s'étendait. Elle commençait toujours par adopter la même position : couchée sur le dos, elle gardait les jambes relevées, puis avec ses orteils elle creusait le sable, le faisait glisser. Parfois, elle le balayait aussi avec ses mains. Catherine avait noté alors l'éclat que prenait le rouge de ses ongles. La mère avait fermé les yeux. Catherine avait entrepris de lui couvrir les pieds de sable, jusqu'aux chevilles. La mère semblait avoir compris qu'elle ne devait pas bouger. Catherine avait beau en entasser une grande quantité, elle savait que la mère pouvait tout défaire d'un seul mouvement. La petite fille prit un seau pour aller recueillir de l'eau. En mouillant le sable, elle pourrait colmater les brèches qui l'empêchaient d'aller plus haut. Elle courut jusqu'à la grève. Ses pieds s'imprimaient dans le sol exactement comme dans ses sandales. Elle ramassa un peu d'eau, résista à la tentation d'examiner les coquillages. Il fallait profiter de l'immobilité de la mère. Face au Boardwalk, elle découvrit un horizon rempli de parasols. Elle ne voyait plus la marque de ses pieds. Elle chercha la tache jaune sous laquelle la mère était abritée. Il y en avait plusieurs. Il fallait avancer pour démêler les couleurs, distinguer les nuances. Catherine survolait des yeux les corps étendus. Le maillot de la mère était noir avec des lignes rouges. Elle courait maintenant, et ses pieds en s'enfonçant dans le sable ralentissaient sa course. Quand elle retrouva la mère qui avait déposé sur ses yeux deux petites coquilles de plastique bleu, il ne lui restait plus qu'un peu d'eau. Le sable mouillé collait mieux à la peau. Catherine le fit grimper le long des jambes de la mère qu'elle découvrait couvertes de minuscules points rouges. Dans ses mains, la mère faisait couler le sable tout doucement. Catherine la regardait, surprise. Rien à voir avec les efforts entrepris chaque soir pour l'éliminer. Les cheveux, les orteils, la mère examinait partout, s'obstinait contre la moindre croûte dorée collée dans les replis de sa peau. Malgré tout, quelques-uns réussissaient à s'incruster dans la culotte du maillot, au creux d'une narine.

Le soir, en reprenant l'avenue Tennessee, elle sentait le sable dans ses sandales. Pendant que la mère s'arrêtait devant une vitrine, elle épiait la douce ligne blonde qu'il avait dessinée entre chacun de ses orteils. Celle-là partirait tout de suite sous le jet de la douche de fortune posée à l'extérieur de l'hôtel. La rue Tennessee ne changeait pas beaucoup. Il y avait toujours le même motel chic d'où Catherine apercevait un plongeoir, sans distinguer la piscine. Lorsqu'elle voyait les baigneurs s'élancer elle finissait par les entendre s'enfoncer dans le carré bleu qu'il lui fallait imaginer. Quand elle avait vu le cheval sauter, elle était trop loin pour entendre quoi que ce soit. Demain, elle demanderait à la mère une crème glacée recouverte de chocolat. Le monsieur habillé de blanc ouvrirait la boîte qu'il portait en bandoulière. La fumée s'échapperait pendant les quelques secondes où il s'arrêterait, mais ses pieds n'en seraient pas moins ensevelis. Ensuite, il faudrait faire vite sinon le sable avalerait la crème glacée en boules rugueuses. Elle abandonnerait son bâton à ceux qui les ramassaient. Si la mère ne s'était pas encore tournée sur le ventre, elle recommencerait à l'enterrer tout doucement dans l'espoir d'aller un peu plus haut.

La dernière année, au motel chic, on avait changé les chaises sur le balcon extérieur des chambres. De porte en porte, on faisait alterner des coquilles blanches avec des coquilles orange. Elle avait enfin trouvé la couleur du jeu.

* * *

On avait tout vendu. Tout le monde s'en était tiré honorablement. Sept. Catherine déplace le petit chapeau de métal. CHANCE ? La taxe scolaire est passée. Réal a remporté le concours de beauté... « Allez au chemin de fer Reading ». Tchou-tchou ! Ne jamais marcher sur les pierres entre les planches. Le métal brûlant, les rails. Vroum ! Réal fait entendre son véhicule de course.

« Je construis deux maisons. » Ça y est. Catherine détestait ces transactions où il fallait ruiner l'autre à tout prix. Et puis les hypothèques. Dès qu'elle serait avenue de la Baltique, elle mettrait un hôtel. Guy était propriétaire des jaunes. Il faudrait qu'elle lui dise que « Marvin Garden » n'était pas aussi luxueux qu'on le croyait.

Le dé bleu, plus gros que l'original, indiquait 6. Elle avait obtenu le maximum. Elle avançait son pion pour un total de 8. Passez GO, réclamez 200 dollars ! Elle avait tourné le coin. Avenue de la Baltique. Ouf, elle était chez elle. Elle n'avait jamais gagné une partie mais aujourd'hui elle avait négocié les terrains orange. Peut-être se risquerait-elle à y construire quelque chose. Elle commencerait par une maison. De l'autre côté, Christian devait payer la taxe d'eau. Au beau milieu des jaunes. Ses cousins n'avaient encore jamais vu la mer ni senti la chaleur du sable. Christian pourrait peut-être l'aider à enterrer la mère ?

F.L.Q.

À sa demande, la tante lui avait conté l'histoire
maintes et maintes fois, celle de la mère se berçant et
pleurant en attendant d'être délivrée. Catherine choisissait et exigeait certaines pièces du répertoire de la
tante. Elle détestait celles où elle retrouvait « une petite
fille blonde aux yeux bleus qui n'avait ni frères ni
sœurs » et qui lui ressemblait beaucoup trop, ou encore
celles qui suivaient les événements de sa vie de très près,
par exemple : la communion solennelle suivie du dîner
au Mont-Royal B.B.Q.

« Non, pas l'histoire de la communion, c'est plat,
pis j'la connais ! »

La tête livrée aux mains de la tante, elle gronda :
« Grrr ! » en levant le menton au souvenir de la petite
fille de son livre de lecture qui s'était impunément
gargarisée avant sa toute première communion. Gaétane.
Ça c'était pour le G. La gorge entière vibrait. Elle avait
essayé d'imaginer la membrane qui retenait l'eau et la
faisait tressauter. Le mécanisme lui semblait peu sûr. À
quelle hauteur cela se jouait-il exactement ? Catherine
n'avait risqué l'exercice que longtemps après, très longtemps après, lorsqu'il était sans conséquence. L'eau devenait chaude, on la recrachait. Les parois seules étaient
humidifiées. Lorsqu'elle s'y était hasardée, elle avait
surtout découvert qu'il était impossible de s'en sortir
juste avec le G. Il fallait absolument lui accoler le R pour
faire rouler le liquide. Grrr ! L'envers du jargon qu'elle et
la tante parlaient à une certaine époque : « karga-teur-
gue-rirgui-neurgue... » Elle était trop vieille maintenant

pour cette sorte de jeu. « Grrr ! » Le mouvement était parfait lorsqu'elle l'exécutait. Les liquides qui ne devaient pas passer ne passaient pas. Mais voilà, elle avait besoin du G et du R, ensemble. Et ça, le livre ne l'avait pas spécifié. On ne parlait que de la lettre G. Avec cette méthode, les lettres avaient ainsi acquis des vertus particulières : la lettre D, qu'on voulait leur faire entendre d'une goutte s'échappant d'un plafond, était devenue la lettre de la négligence par excellence, le toit coulait et on n'avait rien fait ; la lettre S était celle du bonhomme condamné à scier dans la lune jusqu'à la fin des temps pour avoir travaillé le dimanche... Comme si les sept péchés capitaux affichés sur le mur de la classe n'étaient pas suffisants. Tout commençait bien pourtant avec les « hi » des souris cachées dans le foin, petits cris qui se faisaient plus graves avec les accents circonflexes. Mais par la suite elles défilaient avec leur lot de malheurs.

« Grrr !

— Arrête de bouger, sinon je vais te tirer les cheveux ! »

La mère était plus directe :

« Mon dieu, on dirait que t'as des vers ! » s'exclamait-elle devant les tortillements de sa fille. Des vers, Catherine en avait régulièrement, de petits vers blancs, mais pas le ténia. La tante connaissait une histoire terrible à ce sujet où il était question d'un homme qui avait attendu des heures et des heures, voire des journées, avant d'expulser la tête du gros ver blanc annelé. Celle-là, elle la redemandait souvent.

« Mets ta tête droite, j'achève. »

Les cheveux seraient impeccablement tressés, le bout tourné à l'intérieur, la marque de commerce de la tante. Les bébés, eux, sortaient tête première. Ouf !

Peut-être avait-elle trop gigoté dans le ventre de la mère ? La tante racontait que la mère avait passé une partie, sinon toute sa grossesse, à se bercer devant la fenêtre de la cuisine et à pleurer. La mère avait eu peur, très peur. Probablement une de ces peurs bleues que Catherine avait déjà entendu évoquer. Elle savait maintenant qu'un bébé pouvait naître de cette couleur et qu'alors il fallait changer tout le sang en quatrième vitesse. Et puis il y avait le cordon qui pouvait l'étouffer... L'homme, lui, s'était étouffé avec sa chaînette en or, sa propre chaînette en or. Les ravisseurs, cachés derrière trois lettres, n'y étaient pour rien sinon jamais ils n'auraient fait venir du poulet B.B.Q. La tante saurait-elle lui raconter cette histoire, percer le mystère des trois lettres ?

F

L'image était fixe. Assise dans la berceuse, devant la fenêtre du deuxième, Catherine jetait un coup d'œil aux va-et-vient de la boucherie d'en face. Elle avait allumé le poste de télévision dès son retour de l'école, comme tous les jours. Elle se souvenait très bien de l'Indien devant lequel elle retrouvait le père endormi très souvent et puis surtout de ce son vide et plein tout à la fois qui s'installait quelques secondes après le Ô Canada. L'hymne national la terrifiait littéralement dans son lit.

Sur l'écran, l'homme souriait. Rien ne bougeait. Catherine n'osait respirer trop profondément : la musique, l'image... On savait maintenant qu'il était mort. Elle affronta le regard de l'homme et fouilla dans le col de la chemise entrouverte : pas la moindre trace de chaînette en or. De l'autre côté, les hommes aux sarraus maculés de sang séché transportaient des pièces de bœuf sur leurs épaules. L'été, lorsque la mère n'était pas là et qu'elle pouvait enfin ouvrir la fenêtre, elle entendait le bruit des mains des hommes sur ces morceaux de chairs violacées, celui des crochets qu'on glisse, la pièce qu'on laisse tomber sur l'étal et les portes métalliques des immenses réfrigérateurs. « VIANDES EN GROS » Les lettres blanches sur les rectangles peints en vert pâlissaient d'année en année. Elle retrouvait le même décor en miniature à l'épicerie du père, là où il avait failli perdre un doigt bien avant de perdre sa jambe. Après la mort du père, la mère avait pris la relève, mais elle ne touchait pas à la viande.

La mère n'arriverait qu'une heure plus tard, et Catherine se dit qu'elle ne pouvait attendre jusque-là si on ne se décidait pas à faire disparaître cette image. Aujourd'hui lundi, Zorro aurait dû remplir l'écran avec son grand Z sifflant, elle n'avait rien à faire de cet homme aux joues rondes, au crâne dégarni. Le père, lui, était mort depuis un moment et elle devait passer seule le temps de son retour de l'école jusqu'à l'arrivée de la mère. En tout, un peu plus d'une heure trente, qui défilait en compagnie d'aventuriers de toutes sortes : nains aux pays des géants, familles atterries sur une autre planète. Mais tout cela n'existait pas, elle le savait depuis qu'elle avait cherché en vain les patates en chocolat du clown au ventre rebondi qu'elle voyait le vendredi.

De l'autre côté, on continuait à balader les animaux mis en pièces. Combien de bœufs en tout ? ou de vaches ? Tuait-on les vaches aussi ? Durant l'Expo, l'année de la mort du père, elle avait visité un pavillon où l'on expliquait pourquoi certains œufs se transformaient en poussins et d'autres non, mais elle n'avait rien retenu. Ils habitaient tout près de l'abattoir. Catherine taisait cela, comme s'il se fût agi d'une calamité. Parfois les animaux s'échappaient. La nuit, surtout. Quand le vent ne soufflait pas du bon côté, une odeur nauséabonde se répandait dans le quartier. Mais cela ne se produisait que rarement. Ses cousins habitaient, eux, près de Cadbury et devaient subir une terrible odeur sucrée à longueur d'année. Pourquoi donc n'avait-on jamais pensé à plonger des patates dans le chocolat plutôt que de s'échiner à y introduire du caramel ? Le père faisait toujours tremper son cornet de crème glacée dans le chocolat, un chocolat qui craquait sous la dent. Comme sur les whippets qu'il gardait au réfrigérateur. Catherine imagina les vaches en file, chacune fixant la queue de sa voisine. « VIANDES EN GROS ET EN DÉTAIL » Pour son commerce, le père se contentait de morceaux. Elle retourna au petit écran. L'homme n'avait pas bougé. Bientôt, elle devrait mettre la table, sinon la mère la disputerait. Le vendredi, elle lui donnait de l'argent pour aller s'acheter un fish'n chips en face. Les autres jours, la mère apportait des tranches de steak. Chaque soir depuis la mort du père, Catherine ouvrait le papier rosé dans lequel on emballait la viande et voyait des rigoles ensanglantées se creuser sur le papier. La mère lançait le paquet sur la table, pas loin du sein artificiel qu'elle ôtait dès son arrivée. Parfois, le boucher, celui qui avait remplacé le père, avait eu le temps d'indiquer le prix au crayon feutre noir. Ce soir-là, Catherine eut un haut-le-cœur en pensant aux tranches de steak que la mère ferait tourner dans la poêle. À tout le moins, le ventilateur fonctionnerait à pleine capacité et elle ne pourrait entendre la voix du journaliste. Mais la photo de l'homme reviendrait, toujours la même. Depuis l'annonce de sa mort, on ne cessait de la montrer.

Dans quelques jours ce serait son anniversaire. La mère ferait peut-être venir du poulet de chez Saint-Hubert. Vendredi, elle aurait treize ans. Elle avait fait son entrée dans les deux chiffres quelques mois après la mort du père et elle savait qu'elle n'en sortirait plus jamais. On ne lui avait pas donné le choix. Treize. Vendredi treize. Le père, quand il vivait, ne sortait pas sa voiture ces jours-là. Elle, elle devrait malgré tout se rendre au couvent. Le midi, on lui ferait souffler une bougie sur un Mae West ; elle rêvait de treize bougies sur un gâteau. La mère ne faisait pas de gâteau pour son anniversaire. Jamais. Le Saint-Hubert, oui, mais pas de gâteau. Elle ne savait pas si elle avait envie de manger du poulet cette année. Maintenant, elle ôtait sa chaînette en or chaque soir avant d'aller au lit, celle au bout de laquelle pendait son signe astrologique. Sur toutes les photos qu'elle vit par la suite, Catherine chercha en vain les traces de la chaînette de l'homme. Il avait tenté, disait-on, de s'échapper par la fenêtre. Catherine se berçait en tentant d'engourdir sa peur. Elle se souvenait que la Francine de son livre de lecture éteignait les sept bougies de son gâteau d'un coup. « Ffff... » Elle était certaine de pouvoir réaliser le même exploit avec treize bougies.

L

L'homme avait été retrouvé dans le coffre arrière de la voiture, là où le père reléguait la jambe artificielle. La mère avait fini par vendre l'Oldsmobile rouge mais elle avait pris soin d'en retirer la prothèse. Catherine avait aussi perdu espoir de la retrouver dans le camion d'ordures de la boucherie d'en face.

La mère passait l'aspirateur. Chaque jour, elle reprenait sa lutte contre les miettes. Catherine n'entendait plus rien de ce qui se passait sur le petit écran mais elle voyait bouger le nez de la sorcière bien-aimée. Avec un peu de concentration, elle, elle réussissait à faire bouger ses oreilles. Pour le nez, c'était peine perdue. Où mettait-on le nez lorsqu'on s'embrassait ?

Elle avait rempli son cahier de sciences, noté tout ce qu'il fallait sur la germination du haricot. Catéchèse : elle cherchait dans les suppléments des journaux de quoi illustrer le thème de la semaine. Elle aimait bien découper les images et les recoller. Sur le demi-cercle de la table, en face d'elle, le sein artificiel, gélatineux. La mère l'avait déjà percé avec une épingle. Le sein s'était dégonflé tranquillement en se liquéfiant. Sur sa fiche de catéchèse, l'homme invisible déroulait son turban blanc sur du vide. Bientôt ses verres fumés tomberaient. Elle avait toujours eu un peu peur de lui, surtout lorsque son père l'écoutait en anglais. La sorcière aurait pu le faire disparaître pour tout de bon.

Dans un bruit familier, l'aspirateur franchit le seuil de métal entre la cuisine et le salon, là où se rejoignaient les motifs différents des deux tapis. Catherine attendait maintenant celui que feraient les roulettes arrière. La mère avait évité de heurter l'appareil contre les chambranles. Le son du téléviseur refaisait surface peu à peu dans le sillage de ce train troué qu'elle suivait des yeux. La sorcière et sa famille avaient quitté l'écran. Comet : le crocodile. Catherine aimait la présence saugrenue de l'animal dans cette baignoire. Jamais la mère ne l'aurait toléré, même avec du Comet. Timex maintenant : l'homme plongeait du haut d'une falaise. La montre tenait le coup, le temps continuait à avancer, la trotteuse poursuivait sa marche, le gros plan le prouvait hors de tout doute. On pouvait même l'entendre, « t.t.t.t.t. », tout comme la montre de Thomas. « Les heures passent vite, il faut bien les employer », enseignait l'oncle à Thomas. Gaétane, Francine, Thomas… Elle avait fini ses devoirs. Il ne lui restait plus qu'à prendre son bain avant d'aller au lit.

Dix heures dix. Le cadran de l'horloge de la chambre n'avait pas de trotteuse, juste un panneau annelé qu'on pouvait faire glisser sur la surface vitrée. Les chiffres lumineux disparaissaient ainsi dans le ventre de la machine. Dix heures vingt. Les aiguilles avançaient même sans la petite pour les entraîner. Timex ; du fond des mers, du haut du ciel, elle indiquait toujours la même heure. Ici, le temps filait et les nouvelles approchaient. Catherine aurait voulu pouvoir brancher tous les appareils ménagers en même temps afin de ne rien entendre de ce que l'on dirait. Du fond de son lit où elle avait suivi le déroulement de la crise, elle ne comprenait pas mais elle avait très peur. Pour rien au monde la mère n'aurait manqué les nouvelles. Catherine l'imaginait se berçant devant la télé, en jaquette. À gauche, sous le bras, on ne voyait plus les points de suture mais on remarquait encore que la peau avait été grattée.

Sa chaînette reposait sur le napperon de dentelle du meuble de nuit qui sentait le Pledge en permanence. Elle pencha la lampe de plastique doucement vers elle. L'abat-jour n'était pas fixé sur le socle de bois. Trois courtes pattes s'enfonçaient dans les trous de la dentelle. F.L.Q. F.L.Q. F.L.Q. Elle avait peur et depuis quelques jours elle avait très mal au dos. Sa peur s'était bloquée dans le bas de ses reins. Elle libéra l'abat-jour en le faisant glisser le long de l'ampoule et entreprit de fouiller de l'intérieur les petites bulles de plastique d'inégale grosseur. Ses doigts rencontraient des trous chauds et lisses, parfaitement lisses, d'une douceur que l'extérieur ne pouvait laisser soupçonner, des trous familiers. Depuis le temps qu'elle répétait ce manège, elle les avait probablement tous explorés mais, chaque soir, il était impossible de dire lesquels étaient lesquels. Certains doigts semblaient faits pour un trou en particulier. Il fallait les retrouver pendant qu'ils étaient encore chauds. D'autres, comme l'index, étaient toujours un peu trop gros. Le petit doigt avait beaucoup de maisons. Catherine prenait plaisir à le promener un peu partout. Lorsqu'elle lui trouvait un trou particulièrement adéquat, elle tentait parfois de caser les autres doigts à partir de là. Le mieux possible. Mais pour sentir encore un peu de chaleur au bout de chacun, il fallait faire vite. Jamais elle n'avait éprouvé un mal de dos comme celui-là.

F.L.Q. Il était mort. La petite fille se passa la main autour du cou. Elle avait bien ôté sa chaînette. Elle ne comprenait pas qu'ils aient fait venir du poulet B.B.Q.

F.L.Q. Toutes les portes de la maison étaient devenues des ennemies. Chaque soir, lorsqu'elle entrait dans l'appartement, elle vérifiait ce qui se trouvait derrière chacune d'elles avant de s'installer dans la berceuse.

F.L.Q. Rien au monde n'aurait pu arracher la mère de devant le téléviseur. Elle, elle avait si peur.

F.L.Q. « LLLL », la cloche de la récréation sonnait, Luce continuait à parler. La désobéissante. Luce était punie. « LLLL »... la cloche sonnait pour qu'elles retournent se mettre en rangs. Le roman que Mireille Michaud avait subtilisé dans la bibliothèque de son père posait carrément la question : *Pour qui sonne le glas ?* Sous la passerelle en métal de la galerie du pensionnat, elles le feuilletaient depuis quelques jours. Un soldat embrassait une dénommée Maria. La question du nez était enfin soulevée. Catherine savait comment on faisait les bébés, mais la question du nez entre deux personnes qui s'embrassaient l'embêtait bien davantage. « LLLL, LLLL, LLLL », elles avaient refermé leurs rangs.

F.L.Q. La mère se berçait. Elle avait très peur. Les trous de la lampe étaient froids. Elle remit l'abat-jour en place. Onze heures moins cinq. La mère viendrait bientôt se coucher dans le lit d'à côté. Catherine ne l'approcherait pas. Depuis son opération, il ne fallait pas la heurter. Même lorsqu'elle portait le sein gélatineux. Elle se contenterait donc de l'écouter respirer. Le cas échéant, elle la mordrait. La mère bougerait à peine mais elle remuerait juste assez pour la rassurer.

F.L.Q. La tante lui avait tout appris à propos des bébés et de la peur de la mère : « A se berçait, pis a pleurait, a pleurait. »

Q

Le cérumen s'étalait sur le bout du coton-tige. Cé-ru-men. Elle avait appris le mot dans son cours de biologie. L'orthographe était plus qu'étrange, mais elle la maîtrisait parfaitement. « Cire humaine ». En le disant assez rapidement, sans appuyer sur aucune des consonnes, en glissant légèrement, elle obtenait le résultat voulu. Personne n'aurait pu la soupçonner de dire autre chose. À chaque soir, la mère insistait :

« T'es-tu nettoyé les oreilles ? Derrière les oreilles ? Mont' voir. »

Elle regardait scrupuleusement, tout juste si elle ne passait pas son doigt comme elle le faisait régulièrement sur les corniches en soupirant. Il y avait toujours de la poussière. Catherine aurait voulu qu'elle lui dise que ce n'était pas sa faute, qu'elle n'y était pour rien, qu'elle ne lui en voulait pas pour cette poussière.

« Arrête de secouer tes couvertes, ça fait de la poussière ! »

La petite fille croyait naïvement qu'elle ne pouvait déplacer que celle qui existait déjà, qu'elle ne pouvait pas en créer. Une génératrice de poussière ! Les miettes, la poussière : il aurait fallu rester complètement immobile. La mère venait pourtant de s'équiper d'un aspirateur tout neuf, superpuissant. D'abord les oreilles, ensuite le visage, le cou... Avec le même doigt, elle lui levait brusquement le menton. Les plis de sa peau se déployaient. « Ouais ! » Elle avait beau frotter, elle n'obtiendrait jamais plus que ce « Ouais ! » Selon la mère, on pouvait toujours faire mieux, être plus propre.

Sous l'évier, là où le tapis avait commencé à s'effilocher, l'appareil avait arraché les fils grâce à sa force de succion étonnante. La mère avait acheté un petit tapis pour le mettre dessus et camoufler les dégâts. La dernière fois, Catherine avait coincé la frange dans le rouleau de la machine. La mère l'avait réprimandée en le lui arrachant des mains, « jamais elle ne saurait y faire ».

La mère regardait derrière les oreilles, mais elle ne pouvait pas examiner l'intérieur, là où Catherine enfilait doucement le coton-tige en prenant bien soin de ne pas percer le tympan. Sachant que tous ces canaux ne seraient jamais inspectés par la mère, elle les nettoyait avec d'autant plus de plaisir et de minutie. Elle avait beau tirer sur le cartilage, jamais elle ne pourrait voir aussi loin.

« Ouais ! Ç'a l'air correct.

— J'ai nettoyé le dedans », insistait-elle.

La mère ne l'écoutait déjà plus. Elle avait repris sa cadence devant le téléviseur. Régulièrement, elle tirait la berceuse vers l'avant pour l'éloigner du calorifère. Surtout ne pas écailler le calorifère blanc.

Pendant les cours de latin, lorsque la mine était assez ronde et que la Sœur expliquait les différentes formations militaires des Romains, elle introduisait la pointe de son crayon de plomb tout doucement dans son oreille. Le soir, elle retrouvait les traces de cette mine sur le bâtonnet de bois mêlées au cérumen. Elle aimait sentir le crayon s'enfoncer doucement dans le gras de la cire orangée, au goût âcre. Elle retourna dans la salle de bains. La boîte de Q-tips était restée ouverte sur le rebord du lavabo. Elle s'empressa de faire glisser les morceaux de carton si bien ajustés l'un à l'autre. Le Q s'étalait sur la partie gauche en bleu et blanc contrastés. On avait appris à Catherine que chaque lettre avait son histoire, on avait insisté, mais il n'y avait rien pour le Q. L'alphabet anglais défila dans sa tête sur la mélodie que leur avait apprise Sœur Françoise. Au passage, elle retrouva le « kiou » du Q-tips. Le « que » français, lui, n'avait rien à voir avec celui dont on parlait à la télévision. Il ne s'agissait sûrement pas de la même chose. Comme si la lettre était sortie de nulle part. Il fallait absolument le demander à la tante.

Elle jouait toujours avec la boîte, lorsqu'elle se mit à penser qu'il y avait un bon moment qu'elle n'avait pas senti la morsure des petits vers blancs. Elle la reconnaissait dès le début, bien avant que les femelles aient donné naissance à toute la tribu. De toute manière, le traitement ne différait pas. La mère, elle, n'en revenait pas de leurs impuissances conjuguées. Catherine sourit en pensant à la mère qui empoignerait les draps, les serviettes de bain, tout. Le médecin avait parlé d'un cercle vicieux. Il y avait toujours la possibilité d'une salade mal lavée, d'une viande mal cuite. La petite fille préférait imaginer une femelle n'en finissant pas de pondre des œufs qui mettaient un temps fou à éclore. Ou peut-être pouvait-elle en créer, comme pour la poussière ?

« Arrête de te ronger les ongles, aussi ! »

Les vers, disait-on, aimaient la chaleur et l'obscurité. La mère et la tante les avaient vus, munies d'une lampe de poche. Maintenant on ne la réveillait plus la nuit pour faire des vérifications. Elle aussi les avait vus, mais bien avant de les voir elle les sentait. La dernière fois elle était debout dans l'autobus Rachel. Elle s'était tortillée un peu plus qu'à l'accoutumée. Dans la cohue des couventines qui se bousculaient, personne n'avait rien remarqué.

« Ku », elle le prononça comme à la télévision, exactement comme à la télévision. Elle en enfila quelques-uns. Dans le miroir, elle vit sa bouche, avancée. Le livre disait que le Q et le U étaient inséparables, que ces deux lettres ne se quittaient jamais, qu'on ne les voyait jamais l'une sans l'autre, que partout où allait la plus grande, la petite y allait aussi sans qu'on la prononce. « Dominique n'ira pas à Québec — Monique ira à Kamouraska — Papa a bâti le kiosque. »

F.L.Q. Elle l'avait vu étalé sur les journaux. Pas de U. On l'avait séparé de son acolyte.

* * *

Le liquide brunâtre la surprit. Elle avait imaginé un sang clair, rouge, abondant. La mère et la tante lui montrèrent comment installer la ceinture avec la serviette. La petite fille détestait être serrée à la taille. Dès le début, elle prit cet attelage en aversion. Elle avait eu si mal au dos. Personne n'avait pensé à cette éventualité. La mère installa immédiatement un piqué dans le lit de Catherine. La guerre des taches reprenait de plus belle. Il faudrait trouver des prétextes. Elle sourit : elle en trouverait.

« Épicerie Québec ! » La voix de la mère, toujours la même. Catherine l'avait appelée pour lui dire de ne pas oublier d'apporter une boîte de serviettes sanitaires.

Le sein gisait déjà sur la table. Du sac de la mère, Catherine sortit la viande, le gâteau Banquet et la boîte de Confidets. Le Q existait. On l'avait bernée. Il faudrait demander à la tante de lui inventer une histoire.

DEUXIÈME PARTIE

LUCA

L'amour cannibale

Les cuisses de son amant étaient fortes et musclées. Quand il nouait ses jambes autour d'elle, elle gémissait toujours un peu. Ses pieds étaient chauds, souples. Durant l'hiver particulièrement froid qu'ils traversaient, il les frottait contre ceux de Catherine. Les genoux, deux genoux, s'installaient ensuite pour dormir dans le creux des siens. Tout allait en double. La paire se retrouvait partout. Les chorégraphies qu'ils inventaient étaient celles de deux corps qui veulent tout caresser, ne laisser pour compte aucune surface. Et puis il y avait ce membre qui bougeait en elle. Une nuit, il lui avoua avoir vu des carottes fraîches au moment de jouir. Elle rit, puis lui en offrit le lendemain. Avec des brocolis et des choux-fleurs. Ils rirent ensemble. Il évoqua son travail fou, sa mauvaise alimentation. Parfois, elle, elle voyait un pont. Souvent. Elle n'aurait pu dire ce qui se trouvait d'un côté ou de l'autre. Le pont en soi importait. Elle aimait le sentir devenir dur tout contre elle. Mais elle avait un faible pour le mou du corps de son amant, juste au-dessus de son sexe. Elle aurait voulu aussi y planter ses dents.

Quelques jours auparavant, il avait oublié un crayon. Noir. Le bout tout mordillé. Elle l'avait rangé dans un tiroir de la cuisine à côté des ciseaux.

Avant de la connaître, il n'avait jamais mangé de poireaux. Il se prit de passion pour le légume fibreux à l'intérieur fondant. Elle crut un moment qu'il la caresserait différemment. Elle en rêva. Parfois Luca traquait les veines de son bras, mesurait la conformation de certains os avec ses longs doigts. Grâce à lui, elle pouvait maintenant nommer toutes les parties de son corps dans cette autre langue qui lui plaisait tant. « Fe-GA-to », disait-elle en enfonçant son index là où ça commençait à être mou. « FE-ga-to », il la corrigeait tout en localisant l'organe du premier coup. Déformation professionnelle, lui rétorquait-il, gêné par sa précision. Elle n'osait lui dire que pour elle un médecin ne faisait rien de bien exceptionnel ni d'excitant. Elle appréciait qu'il y en ait pour recoudre les autres, au besoin. Elle se taisait. Il lui plaisait tellement. Comme un chocolat. Fondant, lui aussi.

Ensemble ils avaient d'abord été manger dans une pizzeria. Puis il y eut tous les cappuccinos complices. Le soir où ils se retrouvèrent chez « l'Indien » — il avait ri qu'elle le dise ainsi —, elle sentit tout le désir qu'il avait pour elle. Il s'était déjà arrêté chez elle pour le thé, puis pour un deuxième café. Le soir de l'Indien, il prit une clémentine dans son plat à fruits lorsqu'ils cherchaient ensemble dans une revue une recette de tiramisu. Cette nuit-là, après qu'il fut parti, elle ne dormit pas. Le lendemain matin, elle trouva les pelures de la clémentine qu'elle avait mangée, pilées au fond de sa tasse de camomille. Elle eut beau chercher celles de Luca, elle ne trouva rien. Elle fouilla la boîte à ordures avec circonspection, rien. L'idée qu'il ait pu les mettre dans sa poche la fit sourire. Jamais par la suite elle n'osa lui poser la question. Elle songea alors qu'elle pourrait l'inviter à souper la semaine suivante. Elle avait hésité à garder des tortellini au réfrigérateur. Elle renonça, ne pouvant se résoudre à les congeler. Par la suite, à chacune de ses visites, il vidait son plat de toutes les clémentines qui s'y trouvaient. Il les dévorait. À peine si elle pouvait le surprendre en train de les manger. Le lendemain, elle retrouvait leurs pelures à côté des préservatifs dans la poubelle. Catherine préférait les hommes qui livraient leur progéniture à la chasse d'eau. Plus décent, pensait-elle. Elle avait souvent noté beaucoup de prétention chez ceux qui ne consentaient pas à faire disparaître toutes traces de leur passage. Et puis ceux qui étaient avares de leurs précieuses gouttes pouvaient l'être sur toute la ligne.

Au cours de leurs relations, elle lui prépara un poulet au cari — ils durent se lever à maintes reprises durant la nuit pour boire — et ses fameux tortellini « sauce aux herbes » qu'elle concoctait les yeux fermés. Pas question de plats cuisinés, son four ne fonctionnait pas depuis des mois. Il s'extasia sur les tortellini en se léchant les lèvres et en se frottant le ventre. Ça déplut à Catherine. Tout était : « trrrrès » bon. Elle était « trrrrès »belle. Tout était roulé de la même façon, dans ces « r » un peu étouffés qu'il faisait passer de l'italien au français. Il avait la peau olivâtre. Sur la fesse gauche, un grain encore plus foncé. Un véritable chocolat. D'autres y auraient vu un café avec « très peu de lait », comme le demandait toujours un de ses amis.

Les nuits où elle était allée chez lui, elle avait dû sortir pour prendre son déjeuner. Il habitait à l'angle de Saint-Dominique et de Beaubien. Elle retrouva presque le velouté des cappuccinos qu'elle prenait lorsqu'elle avait vécu à Florence. Elle alla jusqu'à s'acheter un journal italien et en profita pour renouveler sa provision de pesto. Son lit à elle avait beau être plus confortable, elle préférait parfois se rendre dans son petit pays. Le dernier soir, il prétexta le lavage qu'il devait faire le lendemain matin pour l'emmener chez lui. Ils s'arrêtèrent au dépanneur. Elle acheta un jus d'orange pour lui, du lait pour elle et deux muffins au chocolat qu'elle justifia en invoquant sa période menstruelle.

Avant d'aller au lit, ils parlèrent d'un document sur l'inceste qu'il avait dû se taper l'après-midi à l'hôpital. La première phrase l'avait outré : « J'avais cinq ans quand j'ai goûté pour la première fois au sperme de mon père », il l'avait retenue et la répétait avec un léger dégoût. Catherine la trouvait plutôt efficace dans le contexte. Ils s'endormirent tard, se confiant des fantasmes par bribes, trop épuisés pour suivre leurs images jusqu'au bout. Elle avait parlé de son cousin, il avait parlé d'un mollusque qui se greffait à un autre. L'idée la séduisait. Elle se dit qu'elle ne devait pas désespérer d'entendre un jour quelque chose. Là où c'était mou. Elle sombra en souhaitant pouvoir mettre son oreille en veilleuse. Le lendemain matin, à cause d'elle, il ne trouva pas le temps de faire son lavage. Paradoxalement, sa venue avait rendu la chose indispensable ! Elle avait taché son unique drap. Il partit en retard. Elle entendit la voiture démarrer. Si elle le voulait, elle pouvait déjeuner. Le muffin sur le coin de la table la narguait. Il avait mangé le dessus. Restait le mou. Elle s'habilla, mit le drap à tremper, réduisit la chaleur des calorifères tout en ayant soin de déplacer les matelas de mousse qu'il avait appuyés sur l'un d'eux. Avant de partir, elle ouvrit la porte du réfrigérateur, puis celle du congélateur. Le café s'y trouvait.

Elle jeta un coup d'œil sur le carton de Fresh'n Tasty qu'elle avait acheté la veille. Elle sortit.

Quelques semaines plus tard, alors qu'elle avait fini de manger les tortellini qu'elle s'était résolue à congeler, elle décida de remettre son four en état de fonctionner. Avant toute chose, il fallait découvrir la nature du problème. Elle appela son cousin et l'invita à souper pour la semaine suivante.

Décalage horaire

Ça faisait déjà un mois qu'ils étaient ensemble quand Catherine se rendit compte qu'elle ne l'avait jamais vu nu. Enfin... pas complètement nu. A *sinistra*, sur son poignet, il y avait toujours cette montre ou ce qui reste quand il ne devrait plus rien rester. Jamais, même dans les moments les plus intimes, il ne lui serait venu à l'idée de l'ôter. Bien avant de la voir triomphante, sorte de rivale qui aurait toujours préséance, Catherine l'avait sentie courir le long de son corps. Tout avait commencé par une sensation de froid un peu étrange, désagréable, qui à elle seule semblait pouvoir annihiler les ondes de chaleur qu'il savait si bien répandre en elle. Au bout de quelque temps d'ailleurs, ce froid la brûlait. On avait appris à Catherine sur les bancs de l'école que la glace pouvait faire cet effet. Avec Luca, elle en faisait une expérience plus personnelle. Quand elle le lui demandait d'un ton surpris ou agacé, il s'en débarrassait volontiers. La montre n'en demeurait pas moins sa compagne de voyage la plus fidèle.

Puis il y avait eu ce retour en fin d'après-midi dans son appartement, quand elle l'avait surprise dans son bain. Catherine s'était sentie exclue. Elle n'avait jamais songé que la montre puisse être étanche. Assise sur le siège des toilettes, elle avait contemplé le sexe de l'homme qu'elle aimait flottant à la surface alors qu'il s'immergeait la tête, telle une minuscule bouée de sauvetage plissée par le froid. À ce moment précis, Catherine comprit qu'elle n'aurait jamais le dessus.

Une fois, après qu'ils eurent fait l'amour, elle l'avait examinée de plus près. Le modèle était un peu vieillot. Catherine songea que son père aurait pu en porter un semblable. Le bracelet de métal élastique, qui aurait magnifiquement convenu à une personne souffrant d'hypertension artérielle, ne révélait presque pas l'usure. Catherine savait cependant qu'il pouvait coincer quelques poils d'une manière convaincante. Cette valeur sûre ne témoignait d'aucune coquetterie. Sans artifice, sans sonnerie aucune, elle tenait le temps. Celui de Montréal bien évidemment. Pourtant, quand elle regardait à travers la vitre, il lui arrivait de voir les aiguilles prendre vie et s'emballer tout comme dans un dessin animé pour s'installer confortablement six heures plus tard. Les coups de téléphone de la fin de semaine qui résonnaient dans le petit deux-pièces venaient tous souligner ce décalage horaire. En tout, cent quatre-vingts degrés de latitude sur un petit cadran qui finissaient par se rejoindre. D'un côté comme de l'autre de l'océan, il arrivait en effet qu'on dorme au même moment. Catherine n'avait pas encore beaucoup voyagé mais elle prenait un grand plaisir à épier les gens autour d'elle lorsqu'elle se trouvait dans un avion, histoire de noter à

quel moment précis chacun décidait d'adopter l'heure de
sa destination.

Cet été-là, on commémorait le vingtième anniversaire du débarquement de l'homme sur la lune tandis
que la grande conquête de Catherine avait été de
s'approprier le nom de la chose : *orologio*. En italien, le
mot lui semblait démesuré pour ce petit bracelet qu'on
ajustait à son bras. Mais, peu à peu, elle s'habituait à ces
distorsions entre les deux langues. Plus difficile encore,
le mot faisait partie de ceux qui changeaient de genre, et
ils étaient nombreux. Catherine tentait désespérément
de s'y faire mais certains lui proposaient une vision des
choses inacceptable. La mer en était. Au masculin, elle
semblait rétrécir à vue d'œil et n'avoir plus aucune
réalité.

* * *

Luca avait maintenant disparu depuis longtemps de
la vie de Catherine. L'absence se calcule mal ou pas,
n'empêche qu'en termes d'heures le résultat aurait été
impressionnant. Catherine n'avait jamais cessé d'apprendre l'italien. Elle revenait d'un voyage d'études à Rome.
On lui avait volé six heures à son départ, six heures
qu'on lui aurait remises à son retour. Le décompte aurait
dû être facile à faire. Habituellement, les gens s'en sortaient en vingt-quatre heures. Une semaine après son
arrivée, Catherine avait encore le sentiment d'avoir été
flouée.

121

Crac

Quand ils sortirent du café, le vent s'était levé et une bruine légère mais froide avait commencé à tomber. Catherine ne comprenait pas que l'on puisse donner rendez-vous à quelqu'un dans un endroit portant un tel nom : « CRAC ». Des néons roses en forme de zigzags étaient d'ailleurs là pour le souligner. Le risque semblait grand d'entendre de la vaisselle dégringoler, les clients tomber de leur chaise. Pire encore, drame plus intime, une dent pouvait se casser sur une croûte rebelle, un bout de pain pas trop frais. Catherine était superstitieuse, d'une superstition toute personnelle qui n'avait rien à voir avec un code universel. Qu'attendre d'autre qu'une rupture dans ce lieu ? Elle s'en voulut de ne pas y avoir songé dans le taxi qui l'avait emmenée jusque-là. Luca l'avait fait venir de toute urgence, elle n'avait pas vraiment eu le temps de réfléchir. Comment avait-elle pu ne pas prévoir l'issue de cette rencontre ? Comment avait-il pu lui fixer un rendez-vous dans un lieu semblable ? Ces questions la blessaient. Il est vrai, pensa-t-elle une fois assise et l'attendant, que les chiens n'aboient pas de la même manière en italien, de même pour les cris des canards et le chant du coq. « Chicchirichì… » Pourtant tout le monde réussissait quand même à se lever. Un tour de force quand on se met à bien y réfléchir. On pouvait donc croire que les choses en se cassant ne produisaient pas tout à fait le même bruit. Luca ne devait pas connaître ce « crac », se répétait-elle pour se persuader qu'elle ne fréquentait pas un fou furieux. Un an après, elle se souvint, non sans une certaine curiosité, qu'en marchant dans l'avenue du Parc ce jour-là, au sortir du café, elle avait été assaillie par les images de Batman vues à la télévision le matin même chez son cousin dont elle était allée garder les enfants. Malgré les bruits métalliques raffinés et plus stridents de la guerre des étoiles dont se berçait Louis dans son coin, elle avait enregistré les « Zap », « Boum », « Pif », « Crac » qu'elle avait lus tant de fois sur le petit écran et qu'on repassait complaisamment en cette époque de batmanie. Robin parlait à son acolyte de leurs ennemis comme de « baudruches qui se dégonflent » alors que Mathieu, l'aîné, déjà blasé, cherchait désespérément les culottes de son pyjama, prenant un malin plaisir à mettre sens dessus dessous les piles de vêtements que son père avait plus ou moins bien dressées. Louis, pour l'instant, se contentait d'une vieille cuillère de bois dénichée dans le premier tiroir que Catherine avait trouvé pour créer une foule d'engins tous plus bruyants les uns que les autres.

Luca fumait nerveusement sous la pluie d'automne. Catherine n'entendait plus ce qu'il lui disait. Elle n'avait vu que la grue installée dans un trou entre deux bâtisses, gros jouet qui n'intéressait plus personne à cette heure tardive. On l'avait abandonnée en plein milieu d'un mouvement qui lui parut obscène. En marchant à côté de Luca, cependant, Catherine l'entendait clairement fracasser les murs du salon mortuaire qui se trouvait encore à sa gauche et du magasin de fruits à sa droite. Elle eut en bouche le goût de la salade aux patates qu'elle mangeait lorsque Luca lui avait raconté cette histoire terrible. Dix ans après la mort de son père, il avait dû aller avec sa sœur reconnaître le corps enfoui dans cette terre du sud de l'Italie. Dans les Pouilles comme ailleurs, il était pratique courante d'exhumer les uns pour faire de la place aux autres. Dieu merci, elle vivait, elle, dans un pays civilisé où on foutait la paix aux morts. L'horreur s'était logée tout entière dans le légume terreux. Entre les patates molles qu'elle se souvenait d'avoir mâchées et ce qu'elle avait imaginé au fond du trou, son sang cognait, les os de son crâne éclataient BOUM ! BOUM ! BOUM ! CRAC ! Catherine aurait pourtant juré qu'il s'agissait là d'un langage universel. Était-il possible que Luca ne le connaisse pas ? Peut-être que s'ils avaient été entourés des mêmes onomatopées, ils n'en seraient pas arrivés là. Tout aurait été facile. Catherine en était convaincue. À quoi peut-on s'attendre de quelqu'un qui ne sait pas que les choses font crac quand on les brise ? Au coin de la rue, le feu passa au vert. Elle traversa. Luca avait tourné à gauche. Ce code-là semblait plus clair. Catherine comprit alors que leurs routes étaient déjà tracées.

Astici / Forbici

L'eau des homards bouillait. Depuis combien de temps ? Catherine n'aurait pu le dire. Six, sept minutes tout au plus. Luca avait glissé des branches de céleri dans le chaudron. Les ciseaux étaient toujours sortis. L'élastique bleu, finalement coupé, se tortillait d'une drôle de manière. Les pinces qu'il avait fallu libérer, in extremis, juste avant le plongeon. Catherine ne réussissait pas à saisir le dessous de la bande. Les ciseaux ne s'ouvraient pas assez bien pour mordre dans l'élastique. *Gli astici…..*

Astici, forbici. Gli astici bouillaient. *Le forbici* gisaient sur le comptoir, gueule ouverte. Plus personne ne sonnait de cloche maintenant dans la rue pour inviter les gens à aiguiser leurs couteaux et leurs ciseaux. Luca s'était énervé en réclamant les « *forbici* » à grands cris. Comment avait-elle pu deviner qu'il s'agissait des dits ciseaux ? *FORBICI.....* Catherine imaginait des forceps qui agrippaient la tête de celui qui ne voulait pas voir le jour. La tête molle pleine de fontanelles du bébé pouvait rester marquée. Elle repensa aux malaises qu'elle avait eus pendant un cours de cinéma où l'on montrait un accouchement filmé par un homme rose. Elle avait dû sortir. Heureusement que les films Kodak que le père lui avait laissés ne montraient pas de telles horreurs : « Catherine à la mer », « Catherine dans son bain », « Catherine avec son premier sac d'école », plus grand qu'elle d'ailleurs, autant d'instantanés où elle grimaçait pour l'éternité. Sa marque de commerce. Elle fixait l'objectif résolument, en retroussant un peu la commissure gauche. Le père avait assemblé tous ces bouts en sacrant. À elles seules, les séquences de plage auraient sûrement pu constituer un moyen métrage. Tout un camaïeu de bleus Kodak, comme elle se plaisait à les appeler. Elle l'avait retrouvé dans les films d'Hitchcock. Elle n'allait les voir presque que pour cela en fait. Le bleu et le brun dans *The Rope* : une longue et unique séquence où le mort trône au beau milieu de la pièce sans que personne le sache.

Luca était maintenant assis au salon, plongé dans un vieux western au montage frénétique. Les Indiens tombaient comme des mouches. Leurs cris de guerre s'élevaient toujours plus fort. Tiens, il faudrait faire le *story board* des homards : elle, les sortant du réfrigérateur, lui, les sortant du sac. Elle, dégoûtée, lui, dégoûté mais fasciné, dominant la situation et lui intimant l'ordre de couper les élastiques. Gros plan sur la marmite avec l'eau qui bout, véritable chaudron de sorcière. Lui, criant de plus en plus. Elle, prenant la chatte et l'enfermant dans une autre pièce comme on arrache les enfants à un spectacle qu'on juge obscène... Comment avait-elle fini par comprendre qu'il s'agissait des ciseaux ? Un miracle ! *Forbici.* Enfin elle connaissait le mot pour couper, tout couper. Catherine fit la gymnastique mentale qu'elle s'imposait d'habitude pour loger un mot dans sa mémoire. Quelques secondes tout au plus. Il fallait d'abord le répéter à voix haute. Puis le faire résonner dans sa tête, à mi-voix... Dans quel ordre enchaînait-elle tout cela ? Elle aurait été bien embêtée de le dire. *Forbici. Astici. Gli astici. Gli, gli, gli...* Au début elle se plaçait devant le miroir. Il fallait mouiller la syllabe, la langue juste un peu molle entre les dents pour obtenir la vibration voulue. Petit exercice matinal à faire devant la glace avec tous les autres qu'on conseillait : dix remontées de la peau de la gorge pour maintenir son élasticité, même chose pour celle qui entoure les yeux... L'air de rien, on pouvait ainsi faire une multitude de ces séries de dix étirements dans tous les sens. Pas vraiment le temps d'ajouter les lettres mouillées sur tout ça, à moins qu'elle ne leur donne priorité. Et puis Luca semblait très bien la comprendre sans cette habileté spéciale. *Forbici, astici.* La paire. À quoi lui servirait-elle lorsqu'il serait sorti de sa vie ? Comme s'il venait de lui fournir les armes nécessaires pour enfin rompre avec lui. Elle grimaça. Elle avait mal au ventre mais elle aimait ces tiraillements. Elle avait justifié sa mauvaise humeur de la journée ainsi. P.P.M. bénie ! Elle se frotta le ventre, chaud, gonflé. Luca utilisait des condoms jaunes. Des italiens. Ils n'avaient eu aucun pépin, mais elle était contente d'en sentir la certitude. Une fille, il parlait toujours d'une fille. Monica... un nom qui pourrait peut-être jeter un pont entre les deux cultures ? Elle alla le voir au salon. Il était assis juste en dessous de l'affiche d'*Au clair de la lune*. Elle chantonna pour elle l'histoire de ce Pierrot envahissant. Facile de dire : « ouvre-moi ta porte, pour l'amour de Dieu » ! Le pneu, la boule de bowling, le petit chien blanc en érection. L'univers de Forcier. Elle se souvenait encore du vert du générique. Digne de son bleu Kodak. Son *chum* de l'époque avait travaillé sur les effets spéciaux du film. Les cheveux blancs du personnage qui se fait couper une jambe par les jantes des voitures. Les étincelles des pièces de vingt-cinq sous. Six mois qu'il avait peiné là-dessus ! Comment s'appelait l'orpheline qui crevait les pneus ? PFFFF ! Beau bruit que celui-là. Elle avait toujours eu peur d'avoir une crevaison sur une voie rapide. Luca se tourna vers elle. « Mal au ventre », dit-elle... Était-il soulagé lui aussi ? En aucun cas il ne voulait contribuer à la croissance démographique du Québec, il le lui avait bien précisé. Les Italiens avaient déjà donné : les chemins de fer, etc. Elle passa devant le petit écran en lâchant, elle aussi, son cri de guerre. Luca la regarda, interloqué. Quoi, il ne s'agissait pas là d'un langage universel ? Elle se reprit le ventre en grimaçant. Dans la salle de bains, elle baissa sa culotte et vit la tache. Elle aimait bien se tacher ainsi. Bon. Catherine tira sur la languette de celluloïd. Le ruban transparent courut rapidement. Elle froissa le papier et aussitôt la chatte surgit, intriguée. Certaines de ses amies mettaient un tampon avant, juste au cas. Catherine attendait toujours d'avoir des preuves sous les yeux. Elle ouvrit la boîte, ôta les inévitables instructions, elle était bien loin de sa première fois. Elle était sur le point de les jeter, avec le papier, quand il lui prit la curiosité de les lire. Les diagrammes, les conseils. « Normal ». Elle achetait toujours le format pour flux normal. Cette position entre les deux était ce qu'elle voulait. Ce qu'elle s'imposait. La boîte bleu et jaune se reconnaissait facilement. Catherine pensa qu'il y en avait qui devaient lire ces instructions. Elle avait mal aux reins et elle aimait cette douleur. Toute la journée ils avaient déambulé rue Saint-Laurent. En se dirigeant vers la poubelle, elle vit les ciseaux sur le comptoir. Quand l'enfant venait au monde, se servait-on des mêmes instruments ? Enfin, pas demain, et heureusement, qu'elle aurait une réponse à sa question. Dans la salle de bains, elle en avait profité pour enfiler sa jaquette à fleurs bleues et roses. Le motif ne se distinguait plus à la hauteur de la poitrine, transpiration et humeurs de tous genres avaient pénétré le coton. Il fallait regarder sous le ventre pour retrouver les vraies couleurs, semblables à celles de la vieille cretonne du divan de la tante.

* * *

Luca improvisa une mayonnaise. Ils n'avaient pas de vin. Le céleri gonflé d'eau, mou, flottait maintenant dans le gros chaudron. Plus jamais elle ne ferait cuire des homards. Et dire qu'il y en avait qui les congelaient tout de suite après les avoir achetés ! Luca partirait... juste après le Grand Prix. On est Italien ou on ne l'est pas ! Mais elle cesserait de le voir avant son départ. Plus de spaghetti de minuit. Les pâtes à la sauge ne seraient plus jamais les mêmes. Un peu de parmesan, du beurre, de la sauge... d'une simplicité désarmante. Elle referma bruyamment le tiroir où elle venait de jeter les ciseaux. Le moment était venu de lui parler. Il décarcassait son homard avec des airs de spécialiste. Il suçait toutes les pattes, n'en laissait pas une intacte. Elle, elle y allait grossièrement, tournait les coins ronds. Catherine se sentait la supériorité d'un civilisé regardant un cannibale dévorer sa proie. Comme de se promener dans la Fifth Avenue et de regarder les boutiques d'un air hautain. Jamais ils n'iraient à New York ensemble. Elle devait annuler la chambre au Washington Square Earl Hotel... ouf ! Il fallait qu'il parte. Les pattes s'alignaient les unes à côté des autres. Catherine renonça à les compter. Elle pensa avec horreur au moment où il offrirait de terminer son crustacé et où elle ne pourrait refuser à moins de s'inventer un virus à la dernière minute. Le jeter avant que ce ne soit plus possible. Il mâchait la chair tendre avec précaution et Catherine eut envie de lui dire qu'il n'avait pas besoin d'en faire tant. Son mal de ventre la rendait forte. Cette fois-ci la rupture aurait lieu, il le fallait, dût-elle prendre les ciseaux. D'ailleurs c'était lui qui lui avait donné l'arme et elle était bien déterminée à s'en servir.

Sogni d'oro

Elle avait respecté l'orthographe italienne : Machiavelli... Pietro serait content. Non, mais quel emmerdeur celui-là ! Enfin, difficile de lui dire sa façon de penser après le service qu'il venait de lui rendre. Sans lui, elle serait encore en train de bûcher sur une de ces phrases sibyllines, affreusement longues, à en chercher le sujet désespérément. Le style tarabiscoté des universitaires était le même partout dans le monde, quoi ! Le curseur s'était arrêté sur Béatrice... *Béatrice Cenci*, jamais entendu parler de cette pièce de Moravia. Il fallait bien que les gens meurent pour qu'on déterre leurs moindres morceaux en les transformant du même coup en substantifique moelle. B E A T R I C E... S'étaient-ils entendus sur l'accent ? Eh oui, Pietro, le français demande là un petit accent. Aigu... aigu. Comme une voix de fausset.

* * *

L'opéra qui jouait lorsqu'ils s'étaient attablés au deuxième étage du condo de la rue Hôtel-de-Ville lui mettait les nerfs en boule. Par la fenêtre, elle voyait le petit parc en face, engoncé entre deux murs de brique. Dans l'obscurité on distinguait tout de même le rouge des équipements. Le dessin des murs n'était cependant pas visible. Mur-mur. Bonne trouvaille. Plus à droite, elle chercha les traces du café de son adolescence. L'heure des premières tisanes. Le piano. Les chats. La camomille d'aujourd'hui avait toujours le goût de celle du Matin des magiciens. Pietro en avait vaguement entendu parler mais l'odeur des brochettes avait pris le dessus. Il lui offrit un café. Elle savait qu'il fallait entendre un expresso. Jamais dans la journée, lui précisa-t-elle. Tout juste si elle pouvait le supporter le matin. Elle garda cette remarque pour elle. Il n'avait pas de jus ? Une tisane ? suggéra-t-elle. En bas, il fouillait... « Que de la camomille », lui lança-t-il. « Bien, très bien, parfait. » Elle l'entendait toujours s'affairer. Elle fouina du côté de la bibliothèque. Monsieur donnait dans la culture avec un grand C. Heidegger comme livre de chevet ! Les Allemands en général semblaient avoir sa faveur.

« T'as besoin d'aide ? » lança-t-elle en direction de l'escalier. Il montait. Elle retourna s'asseoir devant l'écran. « Béatrice sans accent alors ? » Elle enchaînait. Et rapidement. Pas question de faire perdre son temps à Pietro. Il s'étonna. Un accent en français ? Mais oui, bien sûr, monsieur Pietro... L'abîme rejoindrait peut-être un jour la cime, mais en attendant, Béatrice prenait encore un accent. Il la regarda, interdit. À croire que Heidegger rendait niais. Dans le paradis de Dante elle n'a peut-être besoin de rien, évidemment. La bien-heureuse ! Comblée alors ? Restait à voir. Pietro avait-il sa Béatrice, avec qui il se retrouvait parfois en enfer ? Un effluve d'aisselles monta jusqu'à elle. Catherine aimait bien ces odeurs quand elles ne vous terrassaient pas. Luca, lui, ne mettait jamais de désodorisant, il l'avait avertie sur un ton sans réplique. « *Va bene, va bene* », et d'ailleurs ça lui importait peu, elle aimait assez. « Oh Béatrice, pardon, *Beatrice*, dis-moi, les Italiens à cette époque ? »

« Bon, alors on le laisse sans accent ? » On laissait les noms en italien... et basta ! Pietro lui avait suggéré cette formule lapidaire à la fin d'une longue énumération. Histoire de faire chic, avait-il précisé ! Ouais, Catherine était plutôt d'accord. De même que pour le *miracolo economico* . « O.K. *Va bene.* »

« Pomme S », lui dit Pietro. « J'ai l'impression que ça fait un moment que tu ne l'as pas fait. »

Entre Beatrice et Machiavelli, elle perdait son latin, déjà rendu bien loin, oubliant les mécanismes de survie.

* * *

POM-POM-POM... L'air de cette journée de travail lui revenait en mémoire alors que *Machiavelli* refaisait surface sur l'écran vert. Connaissait-elle *Le Prince* ? lui avait-il demandé. Tout de même ! Elle avait beau ne pas s'extasier devant Carlo Gadda (Pietro avait-il lui-même une si grande connaissance de la douleur ?), *Le Prince* ! Du haut de la piazzale Michelangelo, Annika lui retraçait les itinéraires de Savonarole et de quelques autres. La Suédoise s'était aussi entichée de Filippo Lippi fils. Filippino, plus exactement. Avait-il lui aussi donné dans les madones à l'enfant ? Parce que, dans ce cas, Catherine s'excusait, mais... Quant à cette discussion oiseuse sur la francisation des mots que Pietro disait amèrement regretter, elle l'irritait encore davantage ce matin. « Lundi matin, l'empereur, sa femme et son petit prince, sont venus chez moi pour me serrer la pince... » Catherine sourit de s'entendre chanter cette vieille chanson de son enfance. Et le même petit prince d'affirmer qu'ils seraient de retour le lendemain. Invariablement. Et l'on reprenait le refrain pour s'en assurer. Le petit prince était d'une patience d'ange vraiment ! Tous les jours de la semaine, il venait avec sa royale famille frapper à sa porte. Sans se décourager. Jamais. Rassurant de savoir que de tels petits princes existent. C'est qu'il devait vouloir la rencontrer absolument. On peut donc partir ainsi, s'absenter, et les gens vont attendre patiemment ? Catherine fit défiler toute la chanson, elle passa en revue tous les jours de la semaine. Seul le jour changeait : « mais comme j'étais partie, le petit prince a dit, puisque c'est comme ça nous reviendrons samedi ». Le dimanche était particulier, bien sûr. Le père lui avait assez chanté que les enfants s'ennuient le dimanche. Mais qu'arrivait-il le dimanche ? Le petit prince entreprenait-il une seconde semaine ? Assez tenace pour cela ? Assez entêté ? Bien sûr, s'il tenait absolument à la voir... Catherine n'aurait osé lui en demander tant. Elle avait passé un mois à Florence l'été précédent. Tout un mois. Au total, quatre semaines. « Dimanche matin... », c'est cela, il fallait enchaîner et faire confiance à la mélodie, « Dimanche matin », ah non, surtout ne pas mêler Trenet à cette histoire.

Elle entendit la machine à laver entreprendre son deuxième cycle d'essorage. Le sprint final. Dans la salle de lavage où la mère avait traîtreusement confiné ses jouets, Catherine avait écouté *La Légende de saint Nicolas*. Elle s'était nourrie d'histoires toutes plus sombres les unes que les autres et de patois auxquels elle ne comprenait pas grand-chose : le « p'tit Quinquin » de l'affaire ? Un bébé que sa mère berçait, si ses souvenirs ne la trahissaient pas trop. Et puis il y avait le terrible « Orléans-Beaugency-Notre-Dame-de-Cléry-Vendôme-Vendôme ». À la fin, la voix grave faisait résonner le mot comme un glas. Encore aujourd'hui ce trajet touristique ne lui inspirait que de la frayeur. Ah, le réconfort du petit prince et de sa famille. Pas très nombreuse par ailleurs. Surtout, c'était lui qui décidait et on l'écoutait. Lundi matin, elle, elle était devant son écran, le prof de Turin arrivait mercredi et il fallait qu'il ait les mots à se mettre en bouche dès mercredi.

* * *

Au souper, elle trempa son pain dans la sauce comme la Marie de la chanson. Elle s'était concocté une fricassée qui n'aurait jamais le goût de celle de la mère, mais inutile de s'acharner. Et puis il aurait fallu un pain Durivage croûté, un de ces pains blancs plus tellement à la mode. À cette époque, on n'hésitait même pas à

133

indiquer le prix sur le papier. Elle avait maintenant fini la seconde partie de la communication. Demain elle appelerait Pietro pour lui fixer un ultime rendez-vous. En attendant, elle pouvait sûrement serrer le texte de plus près. Quant à lui, il faudrait qu'il s'exclame encore une fois sur la nullité des critiques cinématographiques du vieux satyre italien. Elle répéterait son approbation sur ce point. Mon dieu, comme tout cela était prévisible. Bref, tout le monde serait content. Le prof de Turin n'avait plus qu'à endosser son uniforme de vieux con...

Elle avait gardé la « sentine »... Encore que personne ne comprendrait de quoi il s'agissait exactement... Va aussi pour les problèmes sexuels au pluriel... En compagnie de Pietro, elle avait hésité au sujet du nombre au moment de taper, le texte italien ne donnant pas, selon elle, d'indications précises à ce sujet. Il avait rigolé devant sa suggestion, lui signalant du haut de ses cinq pieds cinq pouces que la vie serait beaucoup plus simple s'il ne pouvait y en avoir qu'un ! Le pire, c'est qu'elle s'était débattue pour faire valoir son point de vue. Pietro rigolait toujours. Il faudrait vraiment demander à Beatrice ce qu'elle en pensait. Elle imagina le Milanais dialoguant avec son sexe tout comme dans le roman de Moravia, négociant serré les virages... Elle rinça son assiette creuse, celle destinée aux pâtes. Il fallait faire disparaître le ketchup tout de suite. Le talk-show avait succédé aux informations sans qu'elle le remarque. La voix nasillarde du chasseur d'éléphants à la mode la rejoignit malgré le bruit du jet d'eau. Pas encore ! Cette fois-ci, il croyait bon d'expliquer que cette étude sur les *baby-boomers* s'ouvrait sur un pastiche du *Petit Prince*. Bon, il ne manquait plus que cela. Irritée, elle alla éteindre le poste en souhaitant que quelqu'un prenne l'initiative de lui dessiner une cage à sa mesure et le muselle comme le mouton. Elle glissa une cassette dans son appareil. Luca était blond comme le petit prince. Qui avait apprivoisé qui ? Sa planète : l'Italie. Une grosse botte d'hiver au talon incertain et noueux. Pas de celles qu'on peut porter au Québec, en tout cas. Sa rose ? Elle ne la connaissait pas. L'avait-il seulement retrouvée, sa rose ? « *Rosa-rosa-rosam-rosae-rosae-rosa-rosae-rosae-rosas-rosarum-rosis-rosis.* » Elle chanta avec entrain la déclinaison. Où donc était l'ablatif ? Elle se souvenait clairement du rang de l'accusatif, mais l'ablatif ? C'était de lui qu'elle avait besoin pourtant.

* * *

Pietro avait précisé qu'il s'agissait d'un complément circonstanciel. Bien, bien, « *ti credo* », lui avait-elle affirmé de manière qu'il n'y eût aucune équivoque possible. « *Ci credo* », reprit-elle. Ça devait être encore plus fort. Entre eux ils s'en tenaient au français mais ponctuaient le texte et leurs efforts de mots italiens. À la fin d'une phrase particulièrement longue, aux détours de nombreuses relatives, Catherine risquait un « *punto ?* » interrogatif. Pietro acquiesçait : « *punto* ». Les *virgole* s'accumulaient, les *due punti* n'en finissaient plus de s'ouvrir. Et l'édifice croulait. Au début de la soirée ils avaient repris le texte. « *Da capo ?* » avait demandé Catherine. *Da capo...* pas le choix, il fallait tout revoir. Vers vingt et une heures trente, Pietro avait eu recours à un expresso. Une camomille ? lui avait-il proposé. Oui, pourquoi pas.

Elle profita de cette escapade pour laisser Agostino aux prises avec ses désirs incestueux sur son embarcation et poursuivre l'investigation de la bibliothèque et des alentours. Les dictionnaires de tous genres étaient alignés. Elle vérifia : le signet dans le livre de Heidegger n'avait pas changé de place. Elle sourit. Un livre de chevet passablement abandonné, ma foi. La tasse fumait. Seulement la sienne. Lui, il avait déjà bu son sirop. En deux, ou trois coups ? Les Italiens, les vrais, s'en tenaient à trois. Au maximum. Mais qui sait ? Elle nota qu'il n'avait rien apporté pour déposer le sachet de sa camomille. Bon. Elle devrait trouver une manière élégante de se tirer d'affaire. La cordelette qui pendouillait, bien étiquetée au bout, lui rappela un tampon hygiénique. Catherine rougit. Pietro n'était sûrement pas du genre à vous ôter un tampon gênant au moment opportun. Un problème sexuel de plus ! Elle regarda ses doigts en sirotant une gorgée du liquide jaunâtre. Le pouce était bien formé. Les lunules clairement dessinées. Rien à redire. Elle abaissa son regard. Il tortillait ses doigts de pieds dans des bas d'une couleur peu harmonieuse par rapport au pantalon. L'espace d'un instant, elle le vit, sorte de petit singe poilu, grimaçant sans cesse. Elle écarquilla les yeux pour réprimer son envie de rire et but une gorgée plus longue, quitte à se brûler. Elle pourrait toujours prétexter la buée pour s'essuyer le coin des yeux. « *Agostino, Agostino* », claironna-t-il du ton méprisant de l'adulte revenu de tout. Si seulement Beatrice avait pu se confier.

« Agostino sur son pédalo... » reprit Catherine. Elle s'interdit de poursuivre avec « ça rime en crime », Pietro n'en était sûrement pas rendu là dans sa connaissance du français.

* * *

Elle descendit le petit escalier. Il la suivait de près. L'odeur du café était encore perceptible. En enfilant son imper, elle vit l'assortiment de cafetières expresso. Petite famille sagement alignée sur le comptoir. Sur la table, la boîte de camomille. Merde, elle avait oublié de redescendre sa tasse. *Sogni d'oro.* Voilà ce qu'il lui avait fait boire. Elle enregistra le nom et son trouble se traduisit dans un discours volubile. Elle lui signala *L'Espresso*, la revue, le feu de foyer et le poster de Budapest dans le même souffle et dans un enchaînement plutôt loufoque. « *Sogni d'oro...* » La voix se faisait peu à peu réentendre mais, plus que le timbre de la voix, Catherine retrouvait le souffle chaud de cette voix dans le creux de son oreille, les bras de Luca autour de son ventre et un sexe mou appuyé au bas de ses reins. Dans la position de la cuillère, elle s'endormait en l'espace de quelques minutes. Luca ne ronflait pas. Pas beaucoup. À la fin elle le disait, elle aussi, avec naturel : « *Sogni d'oro.* » Elle n'en rêvait pas moins en français. Pietro n'était pas du genre à qui on demande s'il rêvait en italien ou en français.

Elle avait utilisé à peu près tout ce qui pouvait lui tomber sous les yeux. Encore qu'elle n'eût rien dit du mur de bouquins reliés qui s'élevait au fond de la pièce. Inutile de faire de l'ironie... et puis Pietro croirait peut-être qu'elle était vraiment impressionnée. *Sogni d'oro...* Elle pourrait probablement en trouver chez Milano. Quant au *Matin des magiciens*, il n'existait plus que dans la tête de ceux qui l'avaient fréquenté. Pietro n'avait rien à foutre de ces descriptions nostalgiques. Pas son fort, la magie, elle en était certaine. Celle du rêve alors ? Racontait-il ses rêves à Béatrice ? pardon, Beatrice ? Antonella, Rosa ? La déclinaison refit surface. Une langue morte qu'elle ressuscitait quelque peu. Le bruit de sa fermeture éclair meubla le silence. Elle ne pouvait oublier son parapluie : il pleuvait à boire debout. Il avait plu à chacune de ses visites rue Hôtel-de-Ville. *Sogni d'oro*. Une formule d'adieu avant qu'on quitte le monde. Il fallait trouver autre chose à lui dire que ce *sogni d'oro* qu'on prétendait enfermer en sachets. Sa poignée de main était vigoureuse et il s'en dégagea un dernier effluve. Catherine prit le temps de l'apprécier avant de tourner les talons. Elle ferma la porte. Beatrice vivait au paradis, elle, Plateau Mont-Royal. Le dépanneur du coin était fermé. *Sogni d'oro*. Deux ans déjà qu'elle ne l'avait plus entendu, songea-t-elle en adoptant la position de la cuillère, seule dans son lit.

CATHERINE

La fin de la bataille

Elle était chef. Celle tout au bout de la file, celle qui devait sauver les autres. Sœur Poisson l'avait élue. Catherine avait dû choisir son équipe. Il fallait recommencer chaque fois et chaque fois il y avait celles qui lui faisaient signe des yeux ; les plus téméraires levaient la main. Puis il y avait les autres. Dominique faisait partie de celles-là.

Elle s'était tout d'abord entourée de ses fidèles adjointes. Chantal était malade, bon. Denise avait été volée par l'équipe adverse. Déjà ! Catherine n'avait jamais vraiment pensé à la situation des autres, celles qui attendaient en ayant l'air de ne pas être là. Lorsque la Sœur, fraîchement sortie de sous son voile et qui opposait de petits cheveux rebelles aux permanentes qu'elle semblait leur imposer, ne la nommait pas chef, cas rarissime, on se l'arrachait comme seconde.

Hier, en revenant du dîner, elle avait trouvé la petite blonde plongée dans le tome deux d'*Autant en emporte le vent*. Catherine se dit alors qu'elles pourraient peut-être parler ensemble des affaires de Rhett et de

Scarlett... Dominique voyait-elle sa robe de bal aussi rouge que le pion du même nom au jeu de *Clue* ? La dite demoiselle était drôlement mal située sur la planche de jeu, très loin des extrémités où l'on pouvait les faire voyager sans lancer les dés du *lounge* au *conservatory*, de la *kitchen* au *study* et vice-versa, mais Catherine la choisissait quand même. Certains paresseux semblaient tout découvrir dans ces incessants va-et-vient que Catherine aurait limités à défaut de les interdire. Invariablement, elle déplaçait Miss Scarlett en direction de la *library*, en plein centre, détour obligé, à moins bien sûr qu'elle n'eût la carte dans son jeu. Scarlett et son orgueil démesuré... Elle avait laissé traîner le livre fièrement. Personne ne s'y était intéressé avant Dominique. Tout comme elle, elle devait détester en silence les Troyat si populaires sur les autres pupitres. Sylvie collait à *La Barynia* depuis le début de l'année. En communiant avec l'audace de Scarlett, elle choisit Dominique pour faire partie de son équipe. Ses coéquipières échangèrent un regard intrigué, mais elles savaient que Catherine pouvait se permettre à peu près n'importe quoi, au chapitre des déclinaisons elle était inébranlable.

Les équipes étaient maintenant formées. Elle avait hérité du côté du tableau. La Sœur chipotait dans son livre pour trouver la liste de vocabulaire idoine. Catherine cognait doucement le feutre de la brosse sur le tableau. Un petit nuage de poudre s'éleva. Les bandes de couleur étaient sagement alignées : bleu, blanc, rouge. La semaine prochaine il lui faudrait arriver dix minutes plus tôt pour laver les dits tableaux. Noirs, cette année. Elle serait de corvée. Il lui faudrait aussi partir dix minutes plus tard, histoire de replacer les pupitres et les chaises. Elle n'osait regarder Dominique. La craie qu'elle tripotait se cassa sous la pression de ses doigts.

De l'autre côté, les couventines se penchaient sur le rebord des fenêtres. La rue Mont-Royal était bordée d'arbres le long de l'édifice de briques grises. Jamais l'orange des feuilles n'avait été aussi orange. Neuvième année, local X, on ne leur imposait plus la traditionnelle rédaction automnale accompagnée de la feuille collée sur la page à défaut de pouvoir rendre les couleurs autrement. Aujourd'hui il y aurait l'exercice d'incendie. Elles avaient été prévenues. Devant ce simulacre annuel, Catherine ressentait toujours un grand chagrin. Il y avait là une logique qu'elle ne s'expliquait pas, un faux danger, fabriqué, comme la lumière orange qui n'était que de passage, fugitive, avant que le rouge ne s'installe confortablement. On stoppait tout alors. Lorsqu'elle se trouvait en voiture avec le père, il exigeait un baiser. À chaque feu rouge. Bon, la Sœur décoiffée avait lancé en pâture un premier mot : « *Igitur* ? » Une conjonction. Rare qu'elle commence ainsi en furibonde. Habituellement elle prenait le temps de s'installer dans les substantifs avant de passer à autre chose. Catherine était imprenable pour tout ce qui concernait ces petites chevilles détestées par toutes. Elle les apprenait même avec une certaine ironie, précisément parce qu'elles embêtaient tout le monde. Bon, vigilance, le poisson avait décidé d'attaquer. « *IGITUR* : conjonction, donc. » À la suivante. Dominique était sixième dans le rang. Contre toute attente, la Sœur mit le cap sur les noms en arrivant à elle.

« *Unguentum* ? » Le pauvre Lucius, l'âne malhabile, la créature d'Apulée, s'était trompé de vase ! Facile. Catherine lui en sut gré. La voix s'éleva claire et douce : « *UNGUENTUM, UNGUENTI*, neutre, onguent. » Catherine pouvait respirer pendant les dix prochaines minutes.

* * *

En fouillant dans les vastes plis de sa jupe, Sœur Cécile avait sorti son diapason pour donner la note. Pour elle et pour toutes celles qui auraient le courage de la suivre. Aujourd'hui, elles réentendraient *La Danse macabre*. Jeudi prochain, elles iraient voir *Fantasia*. Sœur Cécile leur avait fait écouter toutes les pièces musicales du film en se transformant tour à tour en magicien, en ballerine, en squelette... Devant cette dernière métamorphose, Catherine se retenait pour ne pas rire. Elle avait hâte cependant de voir les balais qui valseraient autour d'un Mickey désarçonné. Les squelettes s'entrechoquaient déjà pour elle sur la musique de Saint-Saëns. Les violons grinçaient et dans ces notes de colère elle imaginait bien la révolte de ceux qu'on avait enterrés en croyant se débarrasser d'eux.

La semaine dernière, elle avait refusé d'aller ramasser les tires de l'Halloween. Le costume de squaw confectionné par la tante ne lui allait plus très bien et puis, surtout, elle aurait douze ans deux jours plus tard. La première neige avait commencé de tomber ce soir-là. Dans le calendrier officiel il y avait les sorcières, les saints et les morts. Elle était née le jour des morts. Très précisément. Personne ne semblait s'en formaliser, sauf elle, comme si elle savait qu'il lui faudrait toujours lutter pour montrer qu'elle était bien vivante. Ce matin, pour la première fois, elle avait perdu la bataille et secrètement elle rêvait d'aller retrouver la ronde des squelettes. Ensemble ils s'amuseraient, elle en était certaine. Surtout, surtout, ils feraient beaucoup de bruit. Quand le père avait été mis en terre, elle avait aperçu des fragments d'os à côté de la tombe qui glissait en cahotant. Six pieds. On avait creusé le maximum d'après ce qu'elle avait pu comprendre. Le creux des piscines en avait douze. Catherine ne s'y aventurait jamais. Le bleu était trop foncé. Son père avait disparu un 31 août. Six heures du soir. Sa boulette de steak haché était restée dans son assiette, figée dans une mauvaise graisse. Quelques jours plus tard, elle faisait son entrée au pensionnat Mont-Royal. La tante avait toujours la même horloge, celle qui avait indiqué les six heures fatidiques, les aiguilles allongées dans un grand écart parfait. Elle aurait voulu calculer combien de fois depuis la mort du père les aiguilles de ce cadran avaient pu se reposer au même endroit. Ça ne devait pas être si compliqué. Il lui suffirait d'établir quelques données de base. Sœur Georgette aurait mieux fait de lui donner la réponse à cette question plutôt que de la perdre dans la théorie des nombres naturels. Comme si les nombres pouvaient être naturels ! Elle n'avait pas le temps de s'y mettre à ce moment précis, mais en élevant la voix elle se promit d'y revenir.

Dominique chantait juste. Catherine n'avait jamais remarqué sa voix avant. Elle venait tout juste d'avoir douze ans elle aussi. En tant que responsable du comité des fêtes, elle avait signalé la chose à Anne-Marie qui, de sa plus belle écriture, avait étalé sur le tableau noir les souhaits d'usage. Il y avait deux Dominique, alors on avait ajouté à celle-ci le S qui la distinguait. Un beau gros S sinueux, rempli de craie rose. Juste pour cela Catherine l'avait enviée. Le 2 novembre, elle n'avait pas l'exclusivité. Outre le fait que le cimetière était rempli, à preuve les os qu'elle avait vus dépasser d'un peu partout, il fallait faire de la place à Ginette Dion. La dite Ginette, elle, avait l'air bien en vie. À elle seule, elle en valait deux… Catherine chercha à travers le cercle que leur avait fait former la Sœur les souliers percés de la grosse fille. Non, Ginette n'était pas là, bien sûr, elle

143

était occupée à gratter les plats de Sœur Alcide dans la cuisine avec la spatule. « Ne rien perdre, absolument rien », répétait la vieille religieuse chargée de l'enseignement des arts ménagers. Telle était la devise dans la cuisine défraîchie du sous-sol, celle qui jouxtait le réfectoire. Et d'ailleurs Ginette aurait chanté fort et faux. Lorsqu'elles entonnaient les souhaits d'anniversaire, elle l'avait juste dans son dos. Elle s'époumonait aussi dans *L'eau vive*, qu'elles devaient chanter entre les cours.

L'heure de la flûte approchait. Dans tout ce fatras de notes, heureusement, il y avait le *fa*, celui-là bien calé entre deux lignes. Il s'étalait, belle boule ronde et pleine, goutte parfaite. À partir de lui, Catherine essayait de reconnaître les autres notes, toutes les autres. Le *fa* était solide, même les doigts adoptaient pour le jouer une position confortable le long de l'instrument. La gymnastique du *fa* lui plaisait. Elle se fiait au *fa* et le reste suivait. Sœur Cécile donnait pourtant toujours le *la* comme point de départ, ce qui n'ébranlait pas la confiance de Catherine dans ce *fa*. Ce matin, elle s'était trompée de genre au moment de la bataille. Une erreur grossière. À ce souvenir, le *fa* se mit à vaciller devant ses yeux. Elle avait envie de pleurer. L'alarme retentit. Elles firent basculer leurs chaises avec fracas même si elles savaient qu'il ne s'agissait pas d'un véritable incendie. Toutes le savaient, elle avaient toutes été informées. Avec son bâton de solfège vert, blanc et rouge, la Sœur essayait de diriger un tant soit peu la circulation. Elle vit Dominique se précipiter avec les autres. Surtout ne rien prendre avec elles, tout laisser sur place. La consigne était claire. Catherine détestait avoir froid et elle savait qu'il n'y avait pas le feu. Elle avait prolongé sa note après qu'elles avaient eu toutes laissé tomber leur instrument.

Avant de sortir de la classe, Catherine prit soin d'enfiler son blazer.

Cari genitori

De là où il était, il voyait très bien les fils que le chat avait tirés dans le tapis. En fait, l'animal ne faisait que poursuivre son œuvre. Il lui faudrait rappeler aux enfants de ne pas laisser Roux-Roux entrer dans son bureau… Encore une chance qu'il ait préféré vomir sur la couverture brune un mois plus tôt. Le tapis crème aurait mal encaissé le coup. La couverture était cependant fraîchement lavée. Il l'avait relavée tout de suite. Au fait, il serait grandement temps de recommencer l'opération, non ? Il fallait être plus vigilant : l'hiver était terminé et les patients s'étendaient avec leurs souliers. Un peu plus salissant. Catherine, oui, c'était Catherine qui lui avait parlé des souliers avec lesquels on enterrait les morts. Il jeta un coup d'œil à sa montre. Catherine arriverait à quinze heures quarante-cinq à moins que le monde ne s'écroule. Avant, il y aurait Jacques, et puis une nouvelle patiente à quatorze heures. Juste le temps d'imprimer son texte. Les croassements étouffés de l'imprimante se mêlèrent à la voix de Sarah Vaughan.

* * *

Quinze heures quarante-huit. Son cahier Claire-fontaine était ouvert sur ses genoux. De la main gauche, Catherine triturait la couverture, puis elle la lissait. En alternance. Le tapis, le bout élimé à tout le moins, échappait à sa vue. Des yeux, il chercha le livre de Michel Serres dans la bibliothèque, celle du centre. Il aurait pourtant juré qu'il l'avait laissé sur la troisième tablette. Agacé, mécontent, il aurait voulu se lever, aller y voir de plus près. Il n'était pas non plus sur sa table de travail ou perdu entre deux cahiers. Monica était venue chercher un album de Mafalda dans la soirée... Aurait-elle déplacé le livre par mégarde ? Monica aimait les livres, il ne s'agissait pas de l'en détourner, mais lui ne détestait rien tant que de voir les choses changer de place. Il faudrait apporter les bandes dessinées au sous-sol, se défaire de la petite bonne femme aux cheveux crépus qui exhibait son nombril en parlant de la marque de commerce de maman. Les cordons mal coupés, il en avait fait sa spécialité ! Catherine avait un jour comparé ses livres à autant de petits cercueils alignés. Il regarda les souliers de la jeune femme : noirs, plats. Confortables. N'empêche qu'à une certaine époque il avait préféré les siens. Les insomnies de Catherine n'avaient rien eu de bien enviable. En bas, Monica s'impatientait. Il l'entendait houspiller son frère. Le pauvre Daniel devait céder comme toujours. Catherine s'immobilisait pendant quelques secondes en entendant les enfants, puis elle se raclait doucement la gorge. La semaine dernière, elle lui avait signalé que les sanglots de « celle » qui la précédait le lundi (Marie-Josée) la dérangeaient. Évidemment, il n'avait pas fini de s'installer. Sur la peinture fraîche, la crevasse gagnait cependant chaque jour du terrain. Dans le coin. À gauche. Catherine l'avait-elle noté ?

* * *

Comment donc s'appelait ce privé hollandais qui prétendait cerner les suspects en faisant l'inspection de leur bibliothèque... Il ne négligeait pas non plus les reproductions qu'ils avaient daigné encadrer. À ses pieds, la vue était plutôt stable. À défaut des titres, elle s'accrochait vaguement aux couleurs. Le brun pâle des P.U.F. la laissait nauséeuse avec l'inévitable *Homme aux rats*. Quand elle travaillait en librairie, elle détestait s'enfoncer dans la section psy, un recoin déjà sombre. Au fil des déménagements et des changements qu'il apportait à l'intérieur de son bureau, elle avait découvert de nouveaux titres. Et puis il y avait le livre du jour, celui qui traînait à côté de sa souris. En entrant elle avait pu lire : *Cari genitori*. Pas assez d'information pour savoir s'il fallait l'entendre au sens ironique. Il lisait donc l'italien. Elle s'était étendue. Elle se souvint du jour où elle avait découvert *L'Homme sans qualités* au hasard d'un nouvel ordre. Un véritable choc. Là-dessus ils ne seraient absolument pas d'accord.

« *Dimmi, dimmi, che bestia sei* », chantait Lucio Dalla dans sa tête. Au fait, elle regrettait amèrement de ne plus voir le chat depuis qu'il avait changé son bureau d'étage. Elle ne le lui avait jamais dit. Pendant un certain temps elle l'avait vu avec un collier, puis sans, l'air toujours aussi satisfait de son sort. Un matin, il avait gratté à la porte. Obstinément. Elle l'aurait bien laissé entrer, monter sur la couverture près d'elle. En la lissant, sur les carrés plus clairs, elle voyait ses poils. Mais ça c'était les fois où elle ne s'allongeait pas, où elle résistait. Il venait donc. À l'insu de tous ? Et puis elle aurait mieux aimé retrouver sa chaleur à lui que celle de ceux qui la précédaient. Elle ne pouvait lui tenir rigueur de ce point de contact désagréable. Deux, trois secondes, pas plus… mais tout de même ! Un jour il avait parlé du dégât qu'« il » avait causé. Par chance, il avait un sourire au coin des lèvres. Elle ne le lui aurait pas pardonné. Tant que *L'Homme sans qualités* avait reposé à ses pieds, elle avait mal dormi. Le gros nuage… c'était bien un gros nuage, non, au tout début ? En tout cas, il était question de conditions atmosphériques, de cela elle était certaine et elle voyait maintenant avec recul ce gros nuage. C'était celui de Musil qui s'était abattu sur elle pour l'envelopper complètement, zone grise dont elle s'était échappée in extremis. Prononçait-il MU-sil ou MOU-sil ? Quelles conclusions en aurait-elle tirées ? Tout ce sur quoi elle pouvait se rabattre, c'était l'inévitable :« Bien, on va s'arrêter ici pour aujourd'hui. » La formule variait peu. Parfois : « Bon, on va s'arrêter… » S'arrêter, s'arrêter… mais aujourd'hui ça ne faisait que commencer. Quinze heures cinquante-cinq. Le cadran de la montre de Catherine était assez gros pour qu'il puisse y lire l'heure en même temps qu'elle. Aurait-elle pu lui demander de faire disparaître de sa vue cet homme sans qualités ? Le problème était qu'elle venait tout juste de le reconaître comme étant le coupable. En sortant, surtout faire attention de ne pas se blesser un pied sur le seuil de la porte. Tiens, le Michel Serres n'était plus là.

* * *

Ne pas oublier d'aller chercher Monica à son cours de danse. Au fait, elle devrait partir bientôt, non ?

* * *

Jamais elle ne trouverait le courage de lui chanter quelque chose et puis il aurait fallu choisir un air au détriment de tous les autres. Cette idée lui semblait plus monstrueuse que tout le reste. Pourtant, c'était ce désir buté qui la faisait se taire à quinze heures cinquante-neuf. Elle l'entendait respirer. Bruits de crayons, de jambes qu'on décroise. Rien, il ne faisait rien pour l'aider. Tant pis, il n'entendrait jamais les chansons qu'elle lui destinait. Quand il éternua, elle retint à temps le « à vos souhaits ». Non. Puisqu'elle ne pouvait chanter, elle préférait ne rien dire. Elle aurait voulu qu'il lui dise qu'elle avait la plus belle voix de tous ceux qu'il recevait. Il était trop correct pour faire ce genre de confidences. N'empêche qu'elle ne pouvait croire qu'il aimait celle de la femme qui l'avait suivie un certain temps, le vendredi matin : « J'vous dis que vot'chat, à matin... » La porte s'était refermée sur ses récriminations. Roux-Roux prenait un bain de soleil, juché sur le rebord de la fenêtre de la salle d'attente. Il avait négligemment tourné la tête dans sa direction. Elle lui avait souri, complice. Il l'avait sûrement trouvée ridicule, mais elle lui avait quand même souri. Il y avait plus d'un an de cela. Au milieu de son entêtement, son cœur se serra très fort, des larmes lui montèrent aux yeux. Elle espérait qu'il ne soit rien arrivé à Roux-Roux. Personne ne l'aurait avertie. Même les chats avec leurs proies ne savaient déployer un tel raffinement de cruauté. À cette heure-ci, il devait faire la sieste sur son couvre-lit favori et puis, entouré des enfants, ce chat se fichait bien d'elle. Pour ne pas avoir à s'expliquer à propos de ses larmes, elle commença à parler mais elle ne lui dit rien au sujet de Roux-Roux. Agnès, elle s'appelait bien Agnès, celle qui constatait laconiquement la mort du petit chat ? Pour rien au monde elle n'aurait voulu jouer le rôle d'Agnès.

Morire

Catherine s'était laissée tomber à moitié nue sur le petit lit de la *cameretta* dont elle avait hérité. Avant, elle avait pris soin de fermer les volets. La madone peinte au plafond continuait à lui révéler ses secrets même dans l'ombre. Il fallait faire vite avant qu'elle ne s'écaille complètement. Le lustre avait été fixé au beau milieu de son ventre. Qu'on ait fouillé ainsi ses entrailles n'avait pas entamé son sourire énigmatique. Catherine soupira en laissant retomber lentement ses paupières. Il faisait une chaleur humide à Florence cet après-midi-là. Deux semaines déjà s'étaient écoulées depuis son arrivée. Elle écrasa un moustique contre sa cuisse moite. Un *zanzara* de moins. « Bzzzz », siffla-t-elle entre ses lèvres en souriant. Mais il y avait encore toutes les vespas qui sillonnaient les rues et contre lesquelles elle ne pouvait rien. La nuit dernière, une bande de jeunes s'était réunie devant le garage, celui-là même qui lui renvoyait le reflet bleuté de son enseigne la nuit. En face, en écrivant une lettre avant d'aller au lit, elle avait aperçu deux chats qui rôdaient sur le toit entre les réfrigérateurs et les baignoires littéralement arrachées des murs qu'on refaisait un jour sur deux. Elle avait mal dormi et la sieste lui semblait aujourd'hui une habitude bénie. À côté, dans la grande pièce austère, Annika reposait également. Elles étaient sorties de l'école ensemble et en avaient profité pour faire des achats à l'épicerie. Les moustiques devaient l'attaquer, elle aussi. Toutes deux avaient refusé de se servir de la plaquette qu'on branchait pour les éliminer. Bon ! Il ne leur restait plus qu'à se montrer à la hauteur de leurs convictions.

Elle était plongée dans un demi-sommeil lorsque les accords s'élevèrent clairs et francs. La voix, celle d'une femme, était puissante. Elle avait déjà enfilé de nombreux exercices les uns à la suite des autres avant que Catherine se rende compte qu'elle la suivait en douce, réveillant des sons, des mots, des lignes mélodiques. Arrivée au point de chute, la voix courbait. La main de Clara Belair se confondait maintenant avec celle de la madone « à la cruche ». La femme blonde, vêtue de blanc et ceinturée de bleu, versait de l'eau. La voix s'élevait, solide dans les roulades. Un temps. Quels conseils lui donnait-on ? Dans la rue on avait commencé à se moquer. Inévitable ! Mais pourquoi donc ? Catherine attendait la suite. Les notes continuèrent à défiler, mais elle ne les connaissait pas. Elle n'était pas passée à travers toute la méthode Vaccai qu'utilisait Clara.

Annika cogna à sa porte vers seize heures comme convenu.

« Oui, oui, j'arrive ! » À ces moments-là, rien à faire, elle parlait français. *«Vengo subito* ! » se plaisait-elle à traduire aussitôt.

« *Vengo subito* ! » (L'Italienne chez qui elle logeait l'avait reçue par ce « *vengo subito* » grésillé à travers un petit microphone.) Ensemble elles iraient jusqu'au Belvédère. Catherine gardait le cimetière de San Miniato pour elle toute seule. Là, il y avait fort à parier qu'elles s'offriraient un *gelato* pour se récompenser de leur ascension. La Suédoise était encore plus gourmande qu'elle. Rafraîchie, retapée, Catherine chantonnait les gammes en s'habillant. Et puis elles échangeraient leurs découvertes de la journée : les mots qu'elles avaient eu plaisir à se mettre en bouche. Elles mordaient dedans chacune à sa manière. Ne pas oublier d'interroger Annika à propos de cette *ninnananna* ou *nanninanna* d'hier. Zut ! elle ne réussirait donc pas à fixer le mot. Pourtant ce n'était pas l'envie qui lui manquait de se faire chanter une berceuse. Ici il fallait chasser les mots comme on chasse les papillons : les épingler dans le fond de sa tête sans les écorcher d'aucune manière. « *Ho una spilla nel cuore* », chantait la rockeuse italienne sur la cassette qu'elle avait achetée en arrivant. Catherine se souvenait très bien des grandes aiguilles que la mère fixait sur son chapeau, sorte de numéro de fakir qui l'angoissait toujours un peu.

Via Fiesolana, l'activité avait repris doucement. Elles passaient devant la boulangerie quand une nouvelle voix s'éleva. Toujours une voix de femme mais plus fragile. Entre les exercices, les temps étaient plus longs. Annika écarquilla les yeux en regardant Catherine, surprise d'entendre son amie enchaîner « *Manca solle-cita* ». Catherine s'accrocha. Il fallait maintenant trouver les mots pour lui expliquer.

* * *

« Un, deux, trois ! Un, deux, trois ! » La petite femme aux cheveux roux battait la mesure. Ses lèvres minces luisaient d'un mauvais rouge à lèvres qui s'accumulait aux commissures. Catherine respirait profondément. Elle attaqua : « *Manca sollecita, più dell'usato…* » La chatte du toit voisin l'épiait sans cacher son jeu. Catherine tourna les yeux vers le crucifix du mur blanc, en face d'elle. Les Sœurs avaient quitté leurs cellules depuis longtemps mais les croix avaient été abandonnées. À droite, sur le tabouret, son magnéto-phone tournait. Les doigts roses de madame Belair plaquaient les accords. Un arrêt. Un temps. On montait. Toujours plus haut. Surtout éviter de voir un escalier. Tout sauf un escalier. Une courbe. Voilà ! Il fallait plonger. Se courber au-dessus, répétait Clara avec emphase. Facile à dire ! Elle n'avait jamais réussi le moindre plongeon de sa vie. D'ailleurs elle faisait toujours bien attention de faire ses sauts de grenouille quand personne ne pouvait la voir. Ne pas casser la voix, ajoutait Clara. Ne pas la faire venir de la tête, de la gorge : la placer dans le masque. Dans le salon de la rue Mont-Royal, la mère avait accroché un Jean-qui-pleure et un Jean-qui-rit faits de paillettes et de mauvais brillants. En attendant de repérer le masque, elle avait l'impression de faire bien des grimaces. Clara y allait maintenant d'un mouvement de la main pour tracer cette courbe intérieure. On sonna la cloche de la maternelle qui avait emménagé dans l'ancienne sacristie au milieu des rondeaux qu'elle aimait bien. Clara s'arrêta. Impossible de continuer à enregistrer ses gammes dans un tel vacarme. Dans le petit lavabo, elle voyait une goutte tomber sur l'émail jauni. Clara, elle, avait cassé sa voix. Les enfants criaient dans le couloir. Clara l'entretenait maintenant de ses démarches infructueuses pour trouver un autre local où travailler. Catherine hésitait à lui parler de la chatte sur le toit. En fait, elle ne se permettait de regarder dans sa direction que quand elle jouait. La chatte avait repris le massacre du petit tapis de paille décoloré, abandonné sur le toit, quand Catherine passa aux trilles, le nouvel exercice de la semaine. Là, il fallait étirer le i sur trois notes en s'assurant de bien prononcer le tch... toujours avec un c et un i. Pour arriver sur les temps, il fallait faire semblant de bien posséder cette langue. Clara lui soulignait également quelques-z-autres liaisons-z-indispensables. Dans quelques minutes, Catherine partirait avec sa cassette. Le soir, en revenant du travail, à l'heure où sa voisine n'était pas encore de retour du sien, elle enchaînait les routines. Invariablement elle attaquait par ce « *Manca sollecita* ».

* * *

Elle parlait à Annika des cours de chant qu'elle avait suivis quelques années auparavant. Pour s'amuser, juste pour s'amuser. Il aurait été trop long d'essayer de lui faire comprendre que, à cette époque où tout le monde cherchait sa voix intérieure, elle avait trouvé plus original de se rendre une fois par semaine Côte-des-Neiges plutôt que de s'astreindre à tenter d'adopter la position du lotus. Pas sûr non plus que la Suédoise l'aurait suivie sur ce terrain. Ne l'avait-elle pas vue acheter une reproduction de la croix de saint François à Assise, celle-là même qui avait parlé au saint, tandis qu'elle, écœurée par les boniments des Sœurs qui étalaient la vieille tunique et les cheveux blonds de sainte Claire, était sortie de la basilique à la recherche du bureau de poste le plus proche ? Ces terrains-là étaient minés. Les complicités en langue étrangère avaient leurs limites. « *Manca sollecita, più dell'usato, ancorche s'agiti…* » Trois ans, trois ans qu'elle se colletait avec cette langue et elle ne comprenait pas véritablement ce qu'elle chantait. Peut-être qu'Annika pourrait l'aider…

Au cœur de l'exercice, il ne resta plus que les notes. Elle redoubla d'ardeur. Maintenant le finale était proche. La voix redescendait. Le défi était justement de garder aux sons toutes leurs rondeurs. Déjà, elle savait que les dernières paroles lui reviendraient. Elle-même anticipait la surprise qu'elles lui causeraient. Elles vinrent, presque brutales : « *presso al morir* ». La mélodie l'avait entraînée plus bas qu'elle ne l'aurait cru. Elle s'arrêta, le souffle coupé.

Terremoto

Elle se brossait les dents méticuleusement. Elle ne s'astreignait quand même pas à compter les minutes, tiens, elle pourrait toujours acheter un petit sablier, l'objet lui avait toujours plu et elle n'aimait pas les œufs à la coque, mais elle savait qu'un brossage digne de ce nom devait prendre un certain temps. Incapable de demeurer devant la glace à examiner ses mouvements, elle fit le tour de la chambre en se dirigeant vers les volets vert bouteille. Les tapisseries fleuries se chevauchaient d'un mur à l'autre sans se raccorder. Elle se pencha au-dessus de la fenêtre. La corde à linge pendait lourdement le long du mur. Le propriétaire avait pris soin de laisser son soutien-gorge et sa culotte à sa hauteur même s'il avait dû forcément les enlever au préalable pour étendre les draps et les couvre-lits. Elle se tourna vers son lit. La tache de rouge ne se voyait presque plus à cette heure-ci, enfin, c'était ce même propriétaire qui lui avait suggéré l'explication du rouge à lèvres... Il lui avait même offert de changer la couverture si elle le désirait. Elle avait refusé. Le Vénitien semblait si las qu'elle aurait eu l'impression de l'accabler davantage avec une exigence de cet ordre. En allant lui demander du feu, deux jours plus tard, il lui apprit que sa femme était morte d'un cancer des poumons quelques mois auparavant. *Smettere*. Elle devait *smettere*, lui murmura-t-il.

Il traînait ses savates dans les couloirs de la pension. Le soir, un homme avec une guitare le relayait. Et puis le matin, il y avait une jeune fille. Grande, blonde, toujours chic malgré son emploi de femme de ménage. C'était elle qui ramassait les poils de tous genres qui s'accumulaient un peu partout. Pouah ! Catherine avait vu ses gants de plastique le deuxième matin. Verts. Juste à côté de son paquet de cigarettes. Elle aussi fumait. Et beaucoup plus que Catherine, qui se contentait de ses trois cigarettes par jour. Après souper seulement. De toutes manières, ça l'aurait écœurée de fumer le matin. Dans un élan de sympathie, la fille lui avait signalé la bêtise des touristes qui croyaient la douche bouchée alors qu'ils obstruaient tout simplement le canal avec leurs pieds. C'était pendant ces explications qu'elle avait entendu parler anglais dans le couloir. Une grosse fille était sortie de la salle de bains, dégoulinante, drapée dans sa serviette. Sûrement la sienne. Pas avec les linges à vaisselle qu'on fournissait en général en Italie qu'elle aurait pu couvrir cette surface.

* * *

Dans le train entre Paris et Venise, un grand brun était monté à Lausanne. Il était presque une heure du matin. Les voyageurs savaient que la couchette serait occupée, qu'ils seraient dérangés, ils savaient même où, quand, et elle avait ironisé avec sa nouvelle amie, une petite Française qui voyageait avec sa mémé sourde, sur le fait que ça serait sûrement un Américain ! « *Sorry* », mais c'était un « *Canadian* ». De Toronto. Catherine se fit l'interprète officielle de tous les voyageurs du compartiment ; il lui avoua qu'il trouvait son italien meilleur que son anglais sur un ton de reproche à peine voilé.

« *You find ?* réussit-elle dire. *Anch'io direi di si… Magari… I mean, sono confusa. I'm all mixed up.* »

La petite Française était beaucoup plus impressionnée par son anglais. L'italien, elle le baragouinait. Elle avait de la famille dans le Nord. Un mariage que Catherine préféra ne pas démêler. Avait-elle déjà mangé des *tramezzini* ? Oui ! L'adolescente ne se contenait plus. Aimait-elle cela ? Elle, elle adorait. Catherine aimait, oui, mais enfin, ces petits sandwichs ne la transportaient pas au septième ciel. La petite fille salivait juste à en parler. À croire qu'elle aurait arraché à sa grand-mère le soutien-gorge où elle avait avoué cacher ses lires, pour s'en procurer.

« Dans l'anus, mademoiselle, qu'ils sont allés le chercher l'argent, les voleurs. Dans l'anus ! »

Catherine lui fit comprendre par les gestes et la mimique appropriés, inutile d'essayer de s'exprimer autrement, qu'en effet la cachette de même que le vol étaient… osés. Mais à quoi devait-on s'attendre de la part de voleurs ? Qu'ils volent, non ? Et le plus habilement possible. Au creux de l'immense poitrine de la mémé, l'argent devait être tout moite. L'homme la regardait discuter avec les deux femmes sans rien comprendre.

Elle avait beau parler trois langues, ils n'en manquèrent pas moins l'arrêt à Venise. Arrêtés à Mestre, ils croyaient tous repartir pour Santa Lucia. Ils avaient d'ailleurs tous payé pour se rendre jusqu'à Santa Lucia. Le train redémarrait en direction de Belgrade. « *Sa-anta-a Lou-ou-tchi-ia, San-ta Lou-tchia !* »

157

* * *

Elle l'avait déjà chantée à la télévision, il y avait bien des années de cela. À l'époque des jeunes talents Catelli. Des bulles plein la bouche, elle se contenta de faire sonner les sons dans sa gorge. Elle retourna vers le lavabo, se rinça. De minces filets de sang se mêlèrent au rose du dentifrice. Libérée, elle chanta plus fort en se regardant dans la glace. « *Sul mare luccica, l'astro d'argento...* »

Elle finit par s'allonger sur le lit en tirant la couverture sous son menton. Avec les fleurs de sa chemise de nuit il y avait là un amalgame indescriptible. Trois motifs de fleurs dans un agencement plus que douteux. N'empêche qu'elle aurait aimé se voir contre le fond fleuri.

Elle avait empilé ses guides sur la petite table de nuit. La lampe fonctionnait. Miracle ! Noire, chromée, de facture plutôt moderne, elle jurait avec le reste du décor qui manifestait une certaine uniformité dans le désassortiment. À croire, pensa Catherine, qu'il y avait un IKEA dans le Dorsoduro ! Le guide vert était tombé par terre. Catherine étira le bras, geste difficile du renfoncement où l'avait jetée ce matelas. La pierre du sol était fraîche. Sous le meuble, elle distingua un objet rond. Avec un petit élan, elle se retrouva sur le ventre. Elle ramena vers elle une pellicule de film Kodak. Sur la bande jaune, à travers le rectangle de la fenêtre de plastique, les X s'alignaient.

* * *

À Montréal, elle avait d'abord fait la connaissance d'un petit chien, du genre à s'appeler Mickey. Sur une des photos, on avait posé à côté de lui un ballon rouge dont il semblait se désintéresser totalement. Le photographe l'exhortait sûrement à aller jouer avec la balle. Quant à la jeune femme brune, la véritable vedette du film, elle était plutôt rondelette. Assise dans le jardin, elle fixait l'objectif malicieusement. Difficile de dire s'il s'agissait d'une Italienne ou non. Des fleurs roses avaient pris tout l'espace sur trois des photos avec un jeu limité de perspectives à cause de l'immense haie qui cerclait le jardin. Puis, venait la maison, présentée sous différents angles. On découvrait également un hamac et, à côté, un séchoir à vêtements. De toute évidence, on venait de faire une brassée de blanc. L'herbe était jaunie à certains endroits. Il y avait aussi un puits. Un cendrier était posé dessus. Quelques mégots. Une autre photographie montrait l'équipement de jardin que l'on avait placé sagement : quatre chaises blanches de plastique, un parasol. Sur celle-là, on avait préféré exclure tout personnage du décor, le chien compris. L'image aurait pu se retrouver dans un catalogue de Distribution aux consommateurs. Était-on seulement en Italie ? N'eussent été ces fleurs roses qui ne poussaient pas au Québec, on aurait pu croire qu'il s'agissait de clichés pris dans une de ces banlieues mornes : Duvernay, Dollard-des-Ormeaux... La jeune femme était mal maquillée. Le rouge de ses lèvres trop épais. Malgré tout, elle gardait une certaine fraîcheur dans le rose du chandail de coton qu'elle portait. Sur les douze photos, une seule n'avait pu être développée. Catherine avait placé le négatif juste en dessous d'une ampoule, sans résultat.

* * *

Chaque jour, elle regardait les photos qu'elle avait laissées traîner sur la table de la cuisine. À la fin de la semaine, ayant entrepris de faire un peu de ménage, elle décida d'adopter la jeune femme brune lorsque le chien se trouvait à ses pieds. Quelque chose, là, lui inspirait confiance. Le T-shirt rose lui allait si bien au teint, et même Mickey — il avait vraiment une gueule de Mickey — avait adopté une attitude sympathique. Elle épingla la photo sur le tableau d'affichage au-dessus de sa table de travail. De jour en jour, « Maria » semblait de plus en plus réjouie de se trouver là. Mais pourquoi donc avait-elle photographié sa lessive ainsi ? Catherine se troublait chaque fois qu'elle essayait de trouver une réponse à la question que lui renvoyait la photo. Bizarre tout de même ! Maria avait pris sa place juste à côté d'une carte postale, celle de la baleine à bosse que lui avait fait parvenir Louise, et des papiers concernant la cotisation de son assurance. Avec elle, elle conversait en italien un peu tous les jours, comme avec sa chatte. Et Maria comprenait tout, absolument tout.

* * *

« *Come stai ?* » lui lança-t-elle ce matin-là comme tous les autres, quand elle nota que le soleil qui plombait dans la pièce au cours de la journée commençait à faire pâlir le rose de son chandail. La balle rouge de Mickey avait elle aussi perdu de son éclat. Prise de panique, elle l'épingla à gauche, dans le coin le plus protégé. La feuille d'inscription pour les prochaines élections la recouvrit tout doucement. Au fil des semaines, elle se trouva ensevelie par des horaires et des pense-bêtes de toutes sortes. Dans le fouillis, la baleine à bosse refaisait surface régulièrement. Le bleu de la carte avait pâli mais Catherine ne s'en préoccupait guère. Au dos, Louise avait écrit laconiquement : « On en a vu plein des comme ça... »

Il en resterait donc toujours lorsqu'elle se déciderait à y aller à son tour. L'encre avait également pâli. Après tout, il était peut-être temps de la mettre dans la boîte aux souvenirs. Ceux qu'on voulait garder intacts le plus longtemps possible.

* * *

Les boîtes étaient toutes marquées au sceau du géant vert. Si au moins ledit géant s'était offert pour l'aider à porter ses pénates avenue des Belges ! Dans ce qui avait déjà contenu du blé d'inde, elle empilait maintenant les livres, divers objets, des vêtements. Avant de congeler le blé d'inde, il fallait faire sortir l'air du sac, faire le vide. Opération indispensable, qu'il était d'ailleurs facile d'exécuter à l'aide d'une paille. La pellicule transparente se tordait un peu avant de s'agglutiner. Ensuite, mais seulement ensuite, on pouvait mettre au froid, comme des thanatologues amateurs. Catherine jetait ce qu'elle avait si précieusement gardé à une autre époque. Le moins de boîtes possible ! Elle était maintenant dans les haricots verts et elle détestait les haricots verts tout autant que les jaunes.

* * *

Le soleil, avenue des Belges, glissait à cette heure-ci sur le plancher de bois en bandes obliques. Les lattes étaient couvertes de marques de talon noircies. Le vernis avait complètement disparu. Pour l'instant, les colonnes de la pièce double étaient encore dans l'ombre. Avec ou sans lumière, on distinguait à peine les traits des anges sur les colonnes tant ils étaient encrassés de couches de peinture. Pas de danger qu'ils s'envolent et fassent s'écrouler la maison. Catherine se sentit rassurée à l'idée qu'elle était sous la protection des ailes de ces anges. L'appartement lui avait inspiré confiance dès le début.

La salle de bains était sens dessus dessous. L'essentiel, elle n'avait gardé que l'essentiel : brosse à dents et tampons hygiéniques. Le vieux rose, même éteint par le temps, exigerait au moins deux couches pour disparaître. La pièce était étroite. Un travail au rouleau nécessiterait une gymnastique calculée. Catherine aurait été d'accord pour garder un soupçon de ce rose quelque part. Mais alors il lui aurait fallu trouver la couleur exacte du chandail de Maria, et pouvoir se rendre à la quincaillerie avec le numéro correspondant. Le monsieur actionnerait sa machine en injectant avec ses seringues des jets de couleur dans le blanc mou et épais. Si seulement elle pouvait écrire à Maria. Mais où ? Bologne ? Berlin ? Prague ? Cet été-là, Venise avait été envahie par les Tchèques. Les directeurs des cafés chic se plaignaient de leurs mauvaises manières. Place Saint-Marc, ils s'assoyaient par terre, juste au delà des limites tracées pour écouter la musique.

* * *

Plaza Saint-Hubert, elle avait trouvé un vieux magasin à rayons qui lui rappela le Larivière et Leblanc de la rue Mont-Royal. La baleine des albums photos en solde lui avait paru sympathique. Elle en acheta quatre, deux roses, deux verts, pour les voyages à venir, mais la baleine ressortait mieux sur le fond rose. Maria se retrouva bien à l'abri, entre deux feuilles de plastique transparent.

Louise, elle, revenait de Chine d'où elle avait rapporté un nombre effarant de photographies. Elle avait essayé de tout capturer. Devant la grande muraille,

Catherine se prit à regretter les murs qui encerclaient Assise. Louise insista, elle voulait voir les souvenirs de Catherine. Sans parler de la baleine, elle ouvrit l'album et lui présenta Maria, la Tchèque avec qui elle avait vécu durant son séjour à Gemona. « Gemona ? » interrogea Louise. « Mais oui », Catherine l'avait déjà aidée à situer cette ville plus d'une fois, « tu sais, près d'Udine, près de Venise si tu préfères, là où s'est produit un terrible tremblement de terre dans les années 70, je te l'ai déjà dit… » Heureusement qu'elle pourrait en parler à Maria demain matin, le *terremoto*, elle aussi le connaissait.

Catherine et la baleine

Le maître nageur avait l'air d'un Italien. Un Italien de Montréal, s'entend. Depuis qu'elle avait rencontré un blond directement venu des Pouilles, elle ne jurait plus de rien… Au passage, Catherine admira ses biceps. Malgré son entraînement évident, il avait une petite bedaine. Luca, lui, détestait les *pancetta*, le mot sentait presque bon, et pour ce faire il se rendait deux fois par semaine à la piscine de l'université. Son costume de bain était accroché en permanence à la tige de la douche. Une si petite chose…. plus minuscule encore que les sous-vêtements qu'il entassait dans des sacs de plastique avant de les ranger dans les tiroirs. Tous ses vêtements étaient ainsi emballés, sorte de morceaux de choix scellés dans de la pellicule transparente avant d'être mis au congélateur. L'humidité de Montréal n'avait rien de comparable à celle de Bari, tenta-t-elle de lui expliquer. Mais il ne pouvait se départir de cette façon de faire qui lui venait de *mamma*. Bon, après tout, c'était assez bénin. Un jour, après qu'elle eut manifesté sa préférence pour ses caleçons longs, il lui en sortit un du fond d'un sac à l'effigie d'un canard noir coiffé d'un petit bout de coque. C'était Calimero, le mal-aimé. Dans le conte d'Andersen, le vilain petit canard était gris. Mais finalement, pensa Catherine, c'était plus tranché ainsi. Elle était donc bien prête à réchauffer le cœur de celui-ci dont elle ne connaissait pas encore les mésaventures.

Catherine n'avait pu suivre Luca à la piscine : les autorités de Mc Gill n'acceptaient pas les non-membres. Quel club sélect tout de même ! À croire qu'on pouvait leur salir leur eau ! Qu'ils la gardent. Au centre Immaculée-Conception où elle avait décidé de se rendre entre la rédaction de deux articles, la piscine avait certes l'air d'un trou d'eau mais on ne refusait personne. En passant devant les vitres, elle épia son profil. Elle rentra le ventre. Luca lui avait aussi signalé son petit relâchement. Elle était gourmande, c'était vrai, et tant qu'elle avait eu quelqu'un pour lui faire la *pasta* bien mieux que n'importe qui il n'avait pas été question de s'en priver. Elle redressa le buste, inspira. Le maître nageur l'appelait de l'autre côté du rectangle bleu.

« Moi ? » murmura-t-elle comme s'il pouvait l'entendre au milieu des cris des enfants…

Il fit oui de la tête, répondant ainsi à ses yeux écarquillés. Catherine longea le bord de la piscine jusqu'à lui. Pour aller le rejoindre, elle traça avec ses pieds un gros U ventru.

« Vous devez porter un casse de bain », lui dit-il en montrant sa propre tête nue, l'index tendu. Évidemment, pour lui ce n'était pas pareil.

« Mais je n'en ai pas. C'est obligatoire ? susurra-t-elle.

— J'peux vous en passer un. »

Il se dirigea du côté des ballons, des ceintures de sauvetage et lui rapporta un casque d'un blanc douteux.

« J'espère qu'il est propre, lui jeta-t-elle en faisant la moue.

— Y'a pas de danger, dit l'Italien, dans un québécois parfait.

— J'espère que je n'attraperai rien », renchérit-elle.

Elle se tut un moment, voulant lui faire sentir le poids de ce qu'elle craignait...

« Des poux », ajouta-t-elle enfin, pour bien préciser qu'elle n'était pas du genre de névrosée qui s'imagine pouvoir attraper des maladies vénériennes en enfilant un casque de bain.

« Non, non, y'a pas de problème », répéta-t-il avec une assurance à toute épreuve.

Elle faillit lui demander des informations sur la vie des petites bêtes en question. Quoi, elles ne pouvaient vivre dans l'eau, s'y reproduire ? Elle retint ses élans d'entomologiste amateure. La veille elle avait rapporté de dehors une superbe chenille qu'elle avait trouvée le matin sur son divan. La chatte ne daignait même pas la torturer. Catherine l'avait prise dans sa main en admirant le bleu vert velouté de son dos. Son mouvement péristaltique était envoûtant. Sur le côté où elle bascula, elle découvrit une foule de petites pattes noires, très noires, qui s'agitaient. La pauvre bête ne savait plus où donner de la tête. Lundi, lundi deux semaines plus tard, elle devait accompagner la mère à la clinique pour qu'on lui brûle des polypes intestinaux. Mieux valait carrément l'inscrire à son agenda, décida-t-elle en tirant la chasse d'eau. Dans le tourbillon, la chenille prit l'allure d'une vulgaire allumette.

« Puisque je n'ai pas le choix », dit-elle en essayant de sourire.

Après plusieurs tentatives, elle réussit à loger sa longue mèche de cheveux dans le casque. Elle avait maintenant une sorte de bosse à droite, en plus de son petit ventre. Elle revit le maharajah de Jo, Jette et Jocko dans *La Vallée des cobras*, un crapaud coincé dans le turban. De planche en planche, la bestiole rebondissait un peu partout comme un boxeur déchaîné. Pourquoi donc s'était-elle débarrassée de ces albums ?

Aldo — Catherine avait décidé de le baptiser ainsi : ça lui convenait — ne faisait aucun effort pour cacher son renflement. Bien planté sur ses pieds, en sandales, mon dieu ! pourvu qu'elle n'attrape pas une verrue plantaire, il exhibait des muscles plutôt enveloppés. Dans la vitre, elle se voyait maintenant de face. Sous cet angle, rien à redire. Il s'éloigna d'elle, indifférent à sa silhouette. Bon, où allait-elle faire son saut de grenouille ?

La bande mauve oblique de son costume lui couvrait le nombril. La verte lui soulignait les seins. Le reste était noir. Un homme émergea de l'eau, le dos tavelé de taches de rousseurs. De son maillot blanc sortaient deux jambes très blanches, elles aussi. Quand elle allait se baigner avec son cousin et ses enfants, elle faisait semblant de vouloir s'amuser avec eux pour « faire la bombe ». Seule, elle opta pour l'extrémité la moins profonde. Elle s'assit sur le bord avant de se laisser glisser debout dans l'eau. Elle s'étonnait toujours de l'angle bizarre que dessinait à son corps ce miroir transparent.

Elle avait perdu ses jambes dans un bassin de chlore ! Le chlore avait-il des propriétés semblables à celles du formol ? Elle pensa au fœtus dans le bocal d'eau brunâtre exposé dans la salle d'examen de son médecin. Pour peu, la dernière fois, elle l'aurait caressé. Qui sait, l'an prochain peut-être ? Le dimanche après-midi où ils étaient allés voir *L'Insoutenable Légèreté de l'être*, Luca avait parlé de la fille qu'ils pourraient avoir ensemble. Si... *Se*, avait dit Luca. Si, si... avec des si on va à Paris, pas en Italie. Elle était toujours au Québec, Plateau Mont-Royal, dans un petit trou d'eau. Une fille...

« X plus X. » Elle l'avait murmuré tout bas en agitant l'eau autour d'elle. Pour l'instant le tic-tac-toe était raté. Un gros zéro était venu se planter en plein milieu.

Des enfants arrivaient, haletants, de la course qu'ils s'étaient organisée. Une brunette criait sa victoire. De petites vagues d'eau mouillèrent son sexe. Le noir du costume devint luisant. On parlait toujours de la nuque et des bras à asperger avant de plonger. Jamais du sexe. La précaution devait être inutile. Mieux valait s'immerger jusqu'au cou pour ne pas que l'on croie qu'elle avait trempé sa culotte. En s'enfonçant doucement, elle cessa de sentir son petit ventre. Et dire qu'il y en avait pour aller chercher cela jusque sur la lune ! L'eau cognait sans relâche contre le bleu écaillé du rebord. Le bleu était pâle, si pâle. Il faudrait le repeindre. Elle en ferait la suggestion sur le carton d'appréciation qu'on leur demandait de remplir régulièrement : repeindre la piscine d'un beau bleu. Pourrait-elle assister à l'opération ? Elle pensa aux lambdas qu'il lui fallait calculer dans ses cours de physique, les bacs à ondes. En cherchant la formule au fond de sa mémoire, elle glissa sur le dos. Oups... le petit ventre se retrouvait face au plafond.

Elle se retourna en retrouvant cette sensation d'effort et de légèreté conjugués, unique. À la surface de l'eau, de nombreuses billes blanches comme elle grimaçaient, crachotaient, comme au water-polo. Elles, elles n'étaient pas numérotés cependant. Que des boules blanches. Celles qui, au billard, ne doivent sous aucun prétexte couler dans le trou. En attendant, elle retourna vers le bord garder un filet inexistant. Ferait-elle un gardien de but convaincant ? Elle eut un rot de pâtes à la sauge qu'elle s'était concoctées pour le dîner. Excellent les pâtes avant l'exercice. Aldo le savait-il ? Peut-être connaissait-il une recette plus intéressante que celle de Luca ? S'entendraient-ils sur la cuisson ? *Al dente*, cela ne voulait pas dire la même chose pour tout le monde. Onze minutes. Le laps de temps nécessaire selon elle. Catherine aimait ce chiffre bien planté sur ses pattes. Du solide. Comme Aldo, tiens !

Pour l'instant, ledit Aldo s'évertuait, l'index toujours tendu (une véritable manie !), à désigner le coupable au sein d'une petite bande. Elle rougit en réentendant dans sa tête le sifflet qu'on avait adressé à Christian dimanche dernier après qu'il eut lancé Mathieu dans la piscine. Bien fait, s'était-elle dit. Pourquoi, mais pourquoi donc tenait-il tant à transmettre cette complicité paternelle qu'ils s'étaient fait servir et avec laquelle elle ne le croyait pas réconcilié ? Louis était encore trop petit pour subir le même traitement. Accroché au pneumatique, il tortillait son corps potelé, secoué de rires. Elle avait voulu lui faire le coup de la baleine mais, quand elle lui avait annoncé sa transformation sur un ton menaçant, il s'était mis à pousser des cris stridents, appelant son père à la rescousse. Agrippé au bras de Christian, dès lors sûr de sa force, il avait jeté un regard méprisant sur la baleine. Secouée, sans trop savoir pourquoi, Catherine avait plongé. Elle avait raclé le fond du trois pieds. Ouille ! Le ciment granuleux vous écorchait la peau. Il fallait remonter. La baleine à bosse, la seule qu'elle ait jamais vue de sa vie, en faisait autant pour nourrir ses petits... On disait même qu'elle faisait des bulles pour attraper sa nourriture, des bulles larges de cinq pieds, grandes comme des ballons météorologiques quand elles éclataient. Malgré tout ce cirque, elle était timide. C'était aussi la plus maternelle. Catherine avait décidé de l'aimer, malgré ces bosses qui repoussaient tout le monde.

À côté d'elle, « Charles » s'agitait, fermement tenu par sa mère qui l'encourageait. Elle sourit à Charles qui l'éclaboussa. La mère tournait autour de sa merveille, petit corps qui serait tombé comme une pierre sans son aide. Charles avait les cheveux noirs et bouclés. Avec Luca, elle aurait donné dans le blond, à moins qu'elle n'ait rien compris à la théorie du dénommé Mendel. Avec Aldo (tiens, tiens...), elle aurait plus de chance d'aboutir au brun qu'elle désirait. Charles semblait épuisé. Sa mère aussi. Il avait pris appui autour de son cou. Elle venait de noter le pince-nez de la mère de Charles quand celle-ci se leva. La pauvre n'avait rien de la grâce d'Esther Williams, perle vivante émergeant des mollusques de plastique que l'on mettait sur sa route ou voguant sur des nénuphars éternels et indestructibles. Elle l'avait tant admirée. Surprise, elle retrouva sur le costume de bain de la maman de Charles les bandes verte et mauve du sien, mais étalées en largeur selon les principes de géométrie plane les plus élémentaires. De quoi vous mettre un ventre bien en évidence ! Sur les cuisses elle voyait des vergetures, sillons bleutés qu'elle caressait des yeux. Accrochée au bord, Catherine clapotait toujours, la tête hors de l'eau. Charles et sa mère sortirent.

Si elle se laissait couler au fond, baleine désespérée d'avoir perdu ses petits, Aldo viendrait-il à son secours ? Luca était reparti au pays de Pinocchio depuis quelques mois, quand on avait entrepris de dégager une baleine et ses baleineaux des glaces. Il avait menti. Lui aussi. Une fille ! Tout le monde avait suivi la saga des mammifères marins avec intérêt, ce qui dégoûtait Catherine. Que ferait-on de sa chair à elle ? Catherine était certaine que la baleine à bosse était plus vulnérable que les autres. En plantant un harpon dans une de ses bosses... Elle avait froid et sentait ses sueurs se mêler au chlore. Mélange explosif. Les enfants criaient autour d'elle. Sur le mur, les aiguilles orange, jaune et rouge tournaient toutes en même temps autour d'un seul cadran. À croire que l'on pouvait se trouver à plusieurs endroits à la fois. Impossible !.... Catherine aurait voulu leur crier avec rage que la chose était impossible ! Il fallait absolument choisir. Pourquoi mentir ainsi ! Elle s'accrocha à l'aiguille jaune, celle qui semblait entraîner les deux autres dans sa course. Vingt minutes, elle donnait vingt minutes à Charles et à sa mère pour avoir quitté le vestiaire.

En s'obligeant à suivre la flèche jaune des yeux, sa tension diminua. En sortant, elle irait porter le casque de bain elle-même à côté des ballons rouges. Elle avait hésité pendant un moment à le remettre à Aldo en mains propres... C'était avant que ses pas soient comptés, avant ce terrible mal de ventre qui venait de la reprendre.

* * *

Le lendemain matin, elle apprit la mort des trois requins à l'Aquarium de la ville de Montréal. La dernière fois qu'elle y était allée, un ami de son cousin avait acheté des baleines de caoutchouc aux enfants. La mauve avait été boudée par tous. De toutes manières, combien de jours aurait-elle été la préférée, « le » jouet choisi, avant d'échouer au fond du gros panier d'osier ? L'autre jour, elle y avait déniché sa veilleuse jaune en forme de chat. Louis n'avait pas compris qu'elle la lui avait prêtée, confiée, précieusement. Elle résista à peine à l'envie de la prendre en cachette, de l'extraire de sous les bonshommes armés, les voitures de toutes sortes dont l'inévitable camion de pompiers et les remorqueuses. Peut-être pourrait-elle aller repêcher la baleine mauve, celle que Claude avait finalement vendue à Louis ? Le grand gars était rarement à court d'arguments, mais cette fois il avait dû faire preuve de raffinement. Ida, la petite voisine, n'avait pas voulu lâcher la rose, jouant ainsi sur son statut de petite fille, et Mathieu était prêt à tout risquer pour garder la verte. De quel mal était donc atteinte la baleine mauve ? Dans la salle tout en haut, là où les musaraignes étaient tapies, les enfants avaient finalement abandonné leurs velléités de combat. Les expériences sonores qu'ils pouvaient faire sous le dôme avaient pris le dessus. Étrange tout de même cette pièce où l'on avait voulu à tout prix suggérer la présence des étoiles sans se donner la peine de créer la moindre ressemblance convaincante : on aurait cherché en vain la Grande et la Petite Ourse ou une constellation digne de ce nom. La petite tribu fouillait les quatre coins qu'on avait réussi à refaire dans le rond. Catherine hésitait entre le ciel et l'eau, apeurée par ces roches étranges qui se mettaient à bouger derrière les vitres, déplaçant une eau vaseuse et décontenancée par cette voûte céleste de pacotille. Quelle idée avait-elle eue alors de suivre Christian à l'Aquarium, par une si belle journée ensoleillée ?

* * *

Au Guggenheim, le chemin était tapissé de Modigliani, de ces femmes désincarnées dressées sur leur propre cou, de longs cous qui semblaient se tordre pour vous voir descendre. La spirale de l'Aquarium lui rappelait sa visite au musée new-yorkais. Aucune ballerine de Degas ici pour vous accompagner dans votre descente, celles-là mêmes qu'on lui avait fait connaître par numéros lorsqu'elle était petite et dont la mère avait affiché le résultat misérable, malgré les heures laborieuses, dans sa chambre, à côté du bénitier. L'été dernier, dans le Dorsoduro à Venise, elle était allée se promener dans le musée d'une autre Guggenheim : Peggy. Au centre d'une pièce, elle avait découvert un Riopelle, juste avant d'aller se reposer dans le jardin donnant sur le Grand Canal, là où se trouvait la statue équestre au pénis démontable, dixit le guide du routard. Dieu du ciel ! L'Américaine n'avait reculé devant rien ! Avant de franchir la grille, elle avait trouvé la tombe des toutous de la dame. Il y en avait eu dix qui s'étaient succédé sans répit. Portait-elle le deuil entre chaque petite bête ? L'un d'entre eux s'appelait Cappuccino... Catherine sourit, attablée devant son journal. Elle essaya de se mettre dans la situation d'appeler un chien Cappuccino... « Cappuccino », murmura-t-elle sans grande conviction et elle fit une moue interrogative. Les Italiens levaient les yeux ainsi, en étirant la bouche vers le bas, et ponctuaient le tout d'un« Ma » à la finale prolongée. Avec ses mains, les doigts joints et les poignets tournés vers l'intérieur à la hauteur de la poitrine, elle se prit à refaire ce geste de désespoir calculé qui est le leur. Cappuccino. « CAP-PUC-CI-NO », elle étira consciencieusement les syllabes. Bien sûr, les Italiens disaient tous « *cappucc...* », comme dans ce café de Venise où elle allait se planter tous les matins. Pas question de s'y asseoir avec les moyens qui étaient les siens. Deux matins de suite, elle avait demandé un cappuccino à la belle Vénitienne aux cheveux gominés qui lui faisait derechef un « *cappucc...* » en actionnant les manettes de la machine chromée. Catherine avait fini par céder au diminutif le troisième matin en espérant ne pas être trop ridicule. Elle ne tenait pas à en faire trop. Ça lui plaisait de montrer aux gens qu'elle parlait leur langue en étrangère, mais devant la bonhomie de ce « *cappucc* », elle avait renoncé à se distinguer et s'était laissé entraîner. *Cappucc...* Un mot tronqué qui se terminait dans le secret le plus total. Allez savoir si Peggy appelait le toutou de la même manière. Elle essaya d'enfiler quelques « capoutch, capoutch, capoutch » promptement... Ouais, pas si facile. À côté du journal, sa tasse avait cerné le marbre de la table. Elle refit une moue « italienne » face à ce café de céréales tiédasse... et si elle s'en faisait un vrai ? Ses ongles heurtèrent en cadence le marbre verni. Dépolir, il fallait le faire dépolir. Bon, il n'aurait pas le goût des cafés vénitiens mais quand même. Elle se leva et entreprit de chercher sa cafetière expresso *made in Portugal*.

* * *

Deux jours après son arrivée à Venise, comme elle s'était laissée aller à dire « capoutch », elle retrouva la pizzeria qu'elle avait dénichée l'année précédente. Les tortellini lui étaient restés en mémoire. À gauche du palais des Doges. Tout d'abord une vitrine d'objets de verre. Des points de repère... Venise s'enfonçait toujours... de combien exactement chaque année ? Tous ces cartons du même jaune que les taxis new-yorkais. Pas plus de trois ou quatre messages cependant. Toujours les mêmes : *All'Academia, Piazzale Roma, San Marco, Rialto, Alla ferrovia*. Il n'y avait qu'à suivre les flèches et on y arrivait. Elle avait cherché ce restaurant d'abord nonchalamment, perdue dans les *Ca'* de toutes sortes. Les noms n'évoquaient rien. Combien de canaux ? Autant de ponts ? Et puis zut pour les statistiques.

Elle avait mis trop d'eau dans la partie inférieure de la cafetière. Cela refluait à travers les petits trous du tamis. Elle aimait bien voir cette eau tracer son chemin, ébranler la petite carcasse de métal. Le café serait déjà mouillé... Jamais été bonne pour faire le café. « *Sembra facile fare il caffé* », disait le dicton italien... L'expression lui était sortie de la bouche avec juste l'ironie nécessaire.

Le pont des Soupirs l'avait réorientée. Casanova aurait presque pu voir sa pizzeria, la sentir. Elle reconnut même le serveur. Inutile de lui en demander autant. Elle grimpa au second étage. Les pales du ventilateur s'agitaient toujours. Les tortellini aux quatre fromages n'avaient pas changé d'apparence, mais elle les trouva moins bons. Quelle idée aussi d'aller faire ce pèlerinage. Les prix, eux, avaient changé substantiellement. Le rapport qualité-prix n'était pas coulé dans le béton... On s'enfonçait, non, sur la lagune en forme de poisson ? Bien ce qu'ils affirmaient, non ? En sortant, elle se plut à trouver des points de repère valables. Ses yeux partirent à la recherche des cartons jaunes. Pour cela il fallait lever légèrement la tête. Au bout de la *Calle*, on indiquait un tout petit peu plus bas, toujours en jaune cependant : Aquarium. Elle avait donc mangé tout près de l'Aquarium. Cette découverte était agréable. Ses points de repère se raffinaient. On n'en faisait mention dans aucun guide. Il est vrai que les touristes s'accrochaient tous à San Marco, aveuglément. Elle eut l'impression de faire enfin son propre tracé, de ne plus faire partie bêtement du troupeau. Ainsi donc, elle n'aurait maintenant qu'à repérer l'Aquarium pour retrouver son restaurant... Il faudrait retourner voir dans dix ou quinze ans... L'Aquarium serait-il toujours là ? Elle avait ensuite marché jusqu'à la *Riva degli Schiavoni*. De là aussi on annonçait l'Aquarium. Sans trop savoir pourquoi, elle sentit que son destin s'accrochait à ce carton jaune situé à la hauteur de ses yeux. L'un des rares. Probablement pour cela qu'on ne le voyait pas.

* * *

Où avait-on voulu envoyer les requins, et tuait-on aussi les requins à Venise ? Les enfants n'avaient pas semblé impressionnés par ceux qui tournoyaient bêtement dans leur eau verdâtre. Les pingouins offraient un spectacle plus varié. Elle repensa aux otaries qui se glissaient en criant sur leurs pastilles de couleur placées en escalier au cœur du Jardin des merveilles, comme s'il se fût agi de gros smarties... Plus d'otaries, plus de tortues, plus de Babar. La Ville de Montréal avait tout remballé. Allez hop ! on sort de l'eau. Finie la trempette. On éliminait les piscines de tout le monde. Terminée, l'heure du bain. La carte géographique qu'elle était allée extraire de sa boîte « Italie » montrait Venise telle qu'on devait la voir d'un avion : un gros poisson. Le *Grande Canale* : une branchie à découvert. Elle en était sortie indemne. *Alla Ferrovia* ! Ultime indication. On se retrouvait toujours à Venise… N'empêche qu'elle avait bien failli arriver en retard le jour où elle devait reprendre le train. Santa Lucia direction Udine. Puis Artegna. Et finalement Gemona. Gemona del Frioli. Les cartons bleus redéfilaient dans sa tête. La cafetière éructa dans un crachat gras. Avant même de goûter, Catherine se demanda si elle ne s'était pas surtout ennuyée du bruit de cette petite mécanique. Avec le recul, elle découvrit que le bleu des gares italiennes était assez semblable au bleu Québec ! Pas étonnant qu'elle s'y soit retrouvée si facilement. Un genre de bleu piscine, celui qu'elle préférait entre tous. Un bleu doux, apaisant. Parfois, pour de petits lieux sans trop d'importance, on affichait en noir. Un noir d'encre, sur lequel le soleil méditerranéen n'avait pas de prise ou si peu. Mieux valait ce bleu lumineux sur le jaune doré du paysage. Sur les ocres. Les couleurs du Québec et de l'Italie confondues. Dans l'avion du retour, elle avait dû s'y prendre à deux fois avec une vieille Française qui voulait absolument modifier le drapeau canadien en y ajoutant du vert. Les grands espaces probablement ! Au rouge et blanc, elle mêlait le vert. La dame fonctionnait d'ailleurs sur un rythme de trois. À son poignet gauche, l'heure de Paris, Neuilly, avait-elle précisé, et l'heure canadienne… À droite, une seule montre, une montre en or ! Un contact qui l'avait sauvée dans son enfance. « L'arthrite, vous savez… » Pourquoi pas, après tout ? Catherine s'étira en se frottant les reins. Bon, l'heure de se remettre au travail. Elle plongea dans l'écran vert de son ordinateur.

* * *

Une fois qu'il fut collé, Catherine remarqua le timbre sur l'enveloppe : un beluga irait rejoindre

Giuliana à Trieste, un beluga aboutirait dans les eaux italiennes. Elle avait lu qu'il y en avait sur la côte ligure. De la lagune à Trieste, il y avait à peine deux heures de train. À Venise, elle avait découvert de nombreuses îles. Luca avait lu dans son horoscope que les îles seraient très importantes l'année où il était venu étudier au Québec. Ce n'est que longtemps après qu'il avait appris que Montréal en était une. Le Québec. Grosse masse solide. Venise, elle, aurait pu se détacher du continent. Elle remonta ses cheveux, les roula en boule, en un chignon sage qu'elle laissa retomber aussitôt. Des insulaires. Ils étaient des insulaires. À Trieste, il y avait la mer, les montagnes. Après le concert, elle fit la connaissance de Giuliana. Une rousse aux ongles des pieds peints en rouge. Elle voulait écrire très régulièrement à Giuliana. Viendrait un temps où il n'y aurait plus de baleines. Ni sur les timbres, ni ailleurs. La journée où ils étaient allés à l'Aquarium, Claude avait même raconté aux enfants qu'il les avait entendues souffler au parc Forillon, en essayant de surcroît d'imiter leur bruit. Il fallait proposer à Christian d'y emmener les enfants... Juillet. On était le huit... Elle compta sur ses doigts, dans trois semaines elle aurait terminé sa recherche. Début août, ils pourraient y aller, en profiter pour camper un peu. Allez, la tribu, la squaw donnait le signal du départ. Elle devait rejoindre son cousin tout de suite. Quel lot de viande était-il en train d'inspecter ? Depuis la série d'empoisonnements survenue deux semaines auparavant, il travaillait sans relâche. On avait repéré le coupable : un jambon italien. Sûrement Saputo ! le nom s'étalait sur une foule de produits. « *Se l'avessi saputo...* » Elle le répéta à voix basse en laissant poindre à chaque fois l'hésitation nécessaire à l'utilisation de ce *periodo ipotetico*.

* * *

Durant les trois séjours qu'elle avait faits à Venise, jamais elle n'avait surpris un convoi funèbre. La dernière fois, elle avait même vu un mariage. Les Québécois rencontrés sur le vaporetto # 1, celui qui s'arrêtait partout le long du grand canal, le *sight-seeing* des pauvres, avaient cru bon s'extasier en notant d'une manière ampoulée que « eh oui, tout se faisait sur l'eau à Venise ! » Après tout il fallait bien faire comprendre par une remarque appuyée qu'on était sensible au charme de la Sérénissime. Les Japonais, les Allemands, les Tchèques qui « envahissaient » la lagune cet été-là proféraient probablement les mêmes banalités de leur côté. Elle imagina une file de *motoscaffi* noirs, du même noir luisant que les gondoles, la veuve éplorée et voilée comme figure de proue. Les images n'étaient pas d'elle, elle les empruntait au film d'un Britannique qu'elle avait vu il y avait de cela de nombreuses années. À côté de cette mort imaginée, il y avait l'autre, bien réelle, celle de la mère. Dans les *calle* de Venise, elle avait eu peur pendant un moment d'être poursuivie par une petite bonne femme au capuchon rouge, comme dans le film. L'Anglais avait su capter, arracher quelque chose à Venise. Son œuvre rendait quelque chose de la magie, dieu qu'elle détestait ce mot, de la ville. Elle imagina le tournage aux pieds de Santa Maria della Salute. Sur l'écran de son ordinateur, elle revit s'agiter les corps de ce couple frappé par la noyade d'un de leurs enfants. Des gestes, des détails. Le glissement des deux corps l'un sur l'autre, les mouvements de la caméra, tout avait été mis en place pour suggérer le plaisir qu'il faut parfois savoir arracher à l'autre. Rares étaient au cinéma les scènes érotiques qui la convainquaient, mis à part un film

d'Antonioni où la jouissance de la femme lui avait paru
crédible. Catherine sentit une vague de chaleur dans ses
reins. Bizarre tout de même que l'on se soit entendu pour
célébrer la mort sur le gros poisson. Se serait-elle sentie
davantage rassurée si la mère avait été enterrée à San
Michele ? Catherine aurait voulu y être avec Mathieu.
Elle était certaine que le petit bonhomme lui aurait
demandé si les morts tombaient dans l'eau. Elle n'aurait
pas su quoi lui répondre, mais l'important aurait été
d'entendre la question. Le soulagement que ç'aurait été.
À Côte-des-Neiges, on n'avait pas ce genre d'incer-
titude. Tout semblait si solide. Mathieu avait-il remarqué la marmotte qui s'était enfouie sous la dalle du
dénommé Césaire Laflamme ? Et puis l'écureuil qui avait
pris la fuite grugeait-il véritablement un os comme elle
avait bien voulu le croire ? Catherine aurait tout donné
pour avoir la tête chaude du petit garçon contre son
ventre et se perdre avec lui dans *Donjons et dragons*.

Le convoi s'était dirigé lentement mais sûrement
vers la section P. C'était tout ce dont elle se souvenait.
P comme Pomme. P comme... fallait-il vraiment l'ajouter ? le dire ? comme papa bien sûr. Les enfants pro-
nonçaient peut-être d'autres mots avant ceux-là, des
mots qu'eux seuls connaissaient, mais personne ne leur
en accordait le crédit. Avant ces deux mots bénis,
maman, papa, on préférait croire que les enfants ne
parlaient pas. Et pourtant. P...ppp...bbb... On laissait la
bouche molle, on expulsait de l'air doucement par petits
coups. Section P... Catherine ne se fiait, quant à elle,
qu'à l'ange mafioso qui consolait, les ailes à demi
déployées, un gisant de pierre. Un grand ange de marbre
blanc dans l'angle gauche de la section. Le terrain des
Cotroni. Tout juste si la mère ne la prenait pas dans ses
bras lorsqu'elle se hasardait à prononcer le terrible

patronyme. La mère avait-elle déjà pensé qu'elle reposerait à tout jamais à quelques mètres de la terrible *famiglia* ? La mère n'existait plus. Son prénom était vaguement revenu à la mode. Sans plus. Cotroni. Petite, elle frissonnait en l'entendant.

Ce matin 37,48. Depuis plusieurs jours, sa température demeurait assez élevée, ce qui laissait présager qu'elle pourrait être menstruée bientôt. À la mort de la mère, le processus s'était enrayé. Le thermomètre sonnait trois fois, une série de trois clochettes. Catherine ne réussissait pas à tenir compte des secondes à partir du moment où elle l'insérait mais elle ne voulait pas qu'il sonne trop tôt. Les chiffres élevés étaient bon signe. Elle ne mettait plus de tampon au cas où... Elle imaginait la tache claire, le liquide chaud. « Notre corps nous-mêmes. » Le slogan s'alluma dans le fond de sa tête à côté, juste à côté du « Faisons payer les riches ». Bien de son temps, ça. Elle avait lu *La Femme eunuque*, version du livre de poche avant que la mère n'en trouve un exemplaire collection « Réponses » chez Robert Laffont dans les ordures de la ruelle, rue Fullum. Réponses à quoi ? Les chansons enfantines qu'elle avait apprises prenaient toujours la mère à parti. Pourquoi les bateaux vont-ils sur l'eau ? Pourquoi les arbres perdent-ils leurs feuilles ? Et pourtant aujourd'hui elle réentendait la voix d'Eddie Constantine répondre à une petite fille. « Réponds-moi, réponds-moi, dis, papa... » chantait la fillette. Tout miel, il lui susurrait qu'il le connaissait. Qui ? mais nul autre que le bon dieu, voyons ! Les chansons ont toujours répondu aux grandes questions métaphysiques, l'air de rien. Germaine Greer elle aussi, dans son temps. Catherine avait remis l'essai que son professeur au collège lui avait demandé. Sa grande argumentation était que l'Américaine avait raison mais qu'elle ne poussait pas assez loin. Il aurait fallu goûter le sang menstruel. N'empêche qu'elle goûterait avec plaisir le liquide chaud et clair. Après l'Américaine, la bombe était venue de l'Italie, *Du côté des petites filles*. Avoir mal au ventre... elle pourrait se faire comprendre dans n'importe quelle langue en se tenant le ventre. Mathieu... Heureusement, Christian aimait bien chanter. Catherine l'avait noté avec un plaisir qu'elle ne s'expliquait pas. Il était mieux équipé ainsi pour aider son fils à faire face à la vie... La voix de la mère s'était tue. Elle pourrait la retrouver à l'intérieur d'elle.

Section P... Ils étaient enfin arrivés. D'un regard en biais, elle avait vérifié la présence de l'ange. Sur la pierre rosée le nom de la mère n'apparaissait pas encore. Il faudrait dire à Christian de s'en occuper. Pauvre Christian, il avait tout pris en charge. Catherine frappa lentement chacune des touches, le nom apparaissait peu à peu : JANINE... la ligne scintillait, impatiente, sans relâche. DUBÉ. Ou fallait-il plutôt inscrire son nom de fille ? Oui, c'est cela, bonne idée : PERR... Catherine eut honte, de sa vieille honte qui la submergeait toujours. Le même blocage. À désespérer de tout. Fallait-il un « e » dans ce nom ? Tous les moyens mnémotechniques avaient été inefficaces. Plus facile de cesser de fumer. Elle s'arracha une peau au coin du pouce. La lunule blanche se teinta de sang. Mieux valait balayer ce sentiment de honte par-dessus bord et y aller au pif... Ses vieux trucs affluaient comme autant de bouées de sauvetage inutilisables. Elle se rappela qu'elle avait d'abord voulu fixer le « e » au centre du mot. Pour la branche féminine de la famille, le « e » semblait tout indiqué, mais en même temps qu'elle réédifiait sa théorie, elle savait qu'elle n'avait pas tenu le coup devant cette logique féministe. Contre toute attente, il fallait donc le supprimer ? Était-ce cela l'horreur de la chose, celle qu'elle ne pouvait pas affronter : il n'y avait pas de « e » ..., cette évidence qui l'avait toujours troublée ? D'un doigt rageur, elle effaça le nom. Personne ne lui avait commandé cet éloge funèbre. D'autres le feraient sans bavure. Elle imagina l'erreur gravée à tout jamais dans la pierre rosée. Le soleil de ce début d'automne devait la faire étinceler doucement. Elle aurait voulu savoir qui dans la famille avait opté pour cette pierre afin de lui signaler son appui à rebours. Le marbre rosé, vieilli, mûri. Le rose de la Sérénissisme... Venise... La ligne scintillait. Rien. Il n'y avait rien à ajouter. On lui avait demandé de choisir une photo de la mère. Après il faudrait faire le tri dans ses affaires personnelles. Elle l'avait enterrée dans les formes. VENISE. Le mot attendait. Catherine inscrivit : POISSON. Dans un soudain désir de symétrie elle aurait voulu tout pouvoir équilibrer. Les deux mots n'avaient pas exactement le même nombre de lettres. POISON. Ainsi le compte était juste. Elle reprit la carte géographique. Le poisson pourrait-il un jour véritablement se détacher du continent ?

Table des matières

DEUXIÈME PARTIE

Autres titres au catalogue du Boréal

Gilberto Flores Patiño, *Esteban*
Roger Fournier, *Chair Satan*
Lise Gauvin, *Fugitives*
Michel Goeldlin, *Juliette crucifiée*
François Gravel, *Benito*
François Gravel, *L'Effet Summerhill*
François Gravel, *La Note de passage*
François Gravel, *Bonheur fou*
Louis Hémon, *Maria Chapdelaine*
Suzanne Jacob, *Les Aventures de Pomme Douly*
Marie Laberge, *Juillet*
Micheline La France, *Le Talent d'Achille*
Robert Lalonde, *Le Fou du père*
Raymonde Lamothe, *N'eût été cet été nu*
Mona Latif Ghattas, *Les Voix du jour et de la nuit*
Mona Latif Ghattas, *Le Double Conte de l'exil*
Monique Larouche-Thibault, *Amorosa*
Monique Larouche-Thibault, *Quelle douleur!*
Hélène Le Beau, *La Chute du corps*
Louis Lefebvre, *Guanahani*
Michèle Mailhot, *Béatrice vue d'en bas*
Michèle Mailhot, *Le Passé composé*
André Major, *Histoires de déserteurs*
Marco Polo, *Le Nouveau Livre des Merveilles*
Gilles Marcotte, *La Vie réelle*
Eric McCormack, *Le Motel Paradise*
Guy Ménard, *Jamädhlavie*
Marco Micone, *Le Figuier enchanté*

Typographie et mise en pages:
Les Éditions du Boréal

Achevé d'imprimer en août 1992
sur les presses de l'Imprimerie Marquis
à Montmagny, Québec